Über dieses Buch

Es gibt wohl kaum ein Volk, das der Erotik in allen ihren Spielarten so viel Platz in Kunst und Literatur eingeräumt hat wie das der Chinesen im alten Reich der Mitte. Ein schönes Beispiel dafür ist diese Sammlung erotischer Geschichten, in der sich die ganze Vielfalt des erotischen Lebens in China widerspiegelt – die romantische und die deftige, die phantasievolle und die wirklichkeitsnahe, alltägliche Erotik. Sie handeln von Freudenmädchen, Kupplerinnen und Konkubinen, von liebestollen Mönchen, geilen Alten und betrogenen Ehemännern, von geldgierigen Heiratsvermittlerinnen und willfährigen Jünglingen.

Es ist aber nicht allein die Freude an der freien Entfaltung und Ausnutzung aller Genußmöglichkeiten, die den abendländischen Leser so fasziniert. Es ist auch die Möglichkeit, auf unterhaltsame Weise Sitten und Gebräuche, Moral und Religion des alten und meist noch unbekannten China kennenzulernen. So erfährt der Leser interessante Einzelheiten über den gesellschaftlichen Status der Konkubinen und die soziale Funktion der Freudenhäuser, über die Riten des Kennenlernens bei Brautpaaren und die Bedeutung der Heiratsvermittlerin, über die Autorität des Ehemannes in der Familie und die untergebene Stellung der Frau als sein Eigentum, über die Rituale der Ehrerbietung gegenüber den Alten und die Macht der Sippenältesten, aber auch über die Organisation des täglichen Lebens in den Dorf- und Stadtgemeinschaften und über die wohl lustfreundlichste Religion der Welt – den Taoismus.

Diese Synthese von Erotik und Religion, basierend auf der taoistischen Vorstellung, durch sexuelle Praktiken die Unsterblichkeit zu gewinnen, war allerdings auch im Reich der Mitte nur in einer bestimmten historischen Epoche möglich. Die Blütezeit der Un-Sittenromane war die späte Ming-Periode (1580–1644), die Zeit, in der der berühmte »Chin P'ing Mei« entstand und der auch diese erotischen Geschichten angehören. Nur eine Geschichte, »Die Brüste eines Mädchens«, stammt aus neuerer Zeit, allerdings im Rückgriff auf die Tradition.

Geschmückt wird dieser Band mit sechs farbigen Brautbildern, Preziosen aus dem Besitz eines Privatsammlers.

Der Herausgeber

Adrian Baar wurde 1927 in China geboren, studierte Sinologie an einer chinesischen Universität. Er bereiste als Publizist und Schriftsteller China und die UdSSR kreuz und quer und lebt heute in der BRD.

Außerdem wurden von ihm im Fischer Taschenbuch Verlag herausgegeben: ›Chinesische Gespenstergeschichten‹ (Bd. 1653), ›Erotische Märchen aus Rußland‹ (Bd. 1823), ›Erzählungen eines indischen Vampirs‹ (Bd. 1911), ›Kindergeschichten aus Rußland‹ (Bd. 1927), ›Gruselgeschichten aus dem Orient‹ (Bd. 2024), ›Kindergeschichten aus China‹ (Bd. 2800), ›Sagen aus Rußland‹ (Bd. 2816), ›Sagen aus China‹ (Bd. 2825).

Erotische Geschichten aus China

Mit sechs Brautbildern

Herausgegeben und übersetzt
von Adrian Baar

Fischer Taschenbuch Verlag

Originalausgabe
Fischer Taschenbuch Verlag
1.–20. Tausend Dezember 1978
21.–27. Tausend Mai 1979
28.–37. Tausend Januar 1980
38.–47. Tausend Juni 1980
Umschlagentwurf: Jan Buchholz / Reni Hinsch
Fischer Taschenbuch Verlag GmbH, Frankfurt am Main

Gesamtherstellung: Hanseatische Druckanstalt GmbH, Hamburg
Printed in Germany
680-ISBN-3-596-22416-0

Inhalt

Vorwort

Lyrische, romantische und deftige Erotik, mit Phantasie gekoppelte und wirklichkeitsnahe, alltägliche Erotik – außer den Japanern und Indern hat wohl kein Volk der Erotik in allen ihren Spielarten soviel Platz in Kunst und Literatur eingeräumt, wie die Chinesen der alten Zeit. Ein schönes Beispiel dafür ist diese Sammlung erotischer Geschichten, in denen sich die Vielfalt des erotischen Lebens in China widerspiegelt: Sie handeln von Freudenmädchen, Kupplerinnen und Konkubinen, von liebestollen Mönchen, geilen Alten, von geisterhaften Füchsinnen und Füchsen, die durch die Liebesvereinigung mit den Menschen ihre Unsterblichkeit erlangen.

Es ist aber nicht allein die Freude an der freien Entfaltung und der Ausnützung aller Genußmöglichkeiten, die Lebendigkeit der Sexualität, die den abendländischen Leser fasziniert, sondern zugleich die Möglichkeit, Kulturgeschichte, Sitten, Gebräuche, Moral und Religion des alten, für uns meist unbekannten China kennenzulernen. Neben konkreten zeitgenössischen Bezügen wie dem Tatarenüberfall in »Der Ölverkäufer und seine Konkubine«, bilden Sittenregeln, Beziehungen der Geschlechter, Familienstrukturen und soziale Hierarchien, wie sie Jahrhunderte lang durch das »Buch der Sitte« von Li Chi normiert wurden, den Hintergrund der vorliegenden Geschichten. So werden z. B. die Riten und Rituale des Kennenlernens von Brautpaaren, wie etwa das Hinzuziehen der Heiratsvermittlerin, die Suche nach einem glückverheißenden Hochzeitstag, die Regel des erstmaligen Sehens am Hochzeitstag in den Geschichten »Auf der Jagd nach der unsterblichen Tsin Je«, »Ah-hsiu und ihre Doppelgängerin« und »Der Scholar Sung und seine Frau« festgehalten. »Auf der Jagd nach der unsterblichen Tsin Je« und »Die Brüste eines Mädchens« stellen daneben auch die absolute Autorität des Ehemannes, die gehorchende und untergebene Stellung der Ehefrau, ihre Existenz als Eigentum des Mannes dar.

Erzählungen wie »Der Ölverkäufer und das Freudenmädchen« beschreiben den Status der Konkubinen und die Funktion der Freudenhäuser als soziales Zentrum, sowie die Möglichkeit der Prostituierten, durch Heirat gesellschaftlich aufzusteigen. Eindringlich wird die Achtung der Ahnen und der Familie, die Autorität der Sippe und vor allem des Sippenältesten, der zivilrechtliche Vergehen selber ahndet, in der Geschichte »Die Brüste eines Mädchens« geschildert.*

Neben der Darstellung der Organisation des täglichen Lebens der Dorf- und Stadtgemeinschaften (ihrer sozialen Zusammenhänge, der Ausbildungssysteme von Mädchen und Jungen, der Bewirtung von Gästen), erfährt der abendländische Leser viel Wissenswertes über Wünsche und Hoffnungen, Glauben und Gottvorstellungen der Einwohner des Reichs der Mitte.

Immer wieder stehen im Mittelpunkt der Geschichten, in denen es um Religion und den Glauben an Geister, Füchse und Füchsinnen geht, taoistische Mönche, wie etwa in den Erzählungen »Die Reise des Bo Yui-yua«, »Wie ein taoistischer Mönch seine Gäste bewirtete«, »Die bemalte Wand« und »Das wundersame Kloster«. Von den drei Religionen in China, dem Konfuzianismus, dem Buddhismus und dem Taoismus, ist der Taoismus, besonders der mystische, magische Taoismus wohl die lustfreundlichste Religion. Während der Konfuzianismus mit seinen hohen moralischen Prinzipien eher Prüderie vorschrieb, der Buddhismus in seinem Warten und Streben auf ein höheres Ziel sexuelle Abstinenz forderte, konnte sich im Taoismus die Sinnlichkeit des Volkes entfalten. In der Vorstellung des Taoismus, Unsterblichkeit mit Hilfe sexueller Praktiken zu erreichen, öffnet sich eine für den abendländischen Leser kaum glaubbare Synthese von Religion und Erotik. So wird in dieser Glaubenswelt den liebestollen Totengeistern ein wichtiger Platz eingeräumt.** Die äußere Erscheinung dieser

* Seit der »Rechtsschule« von Ch'in, die 255 v. Chr. das Reich schuf, gibt es kein Zivilrecht, nur Strafgesetzbücher. Zivile Auseinandersetzungen aller Art blieben aus der Kompetenz der Regierung ausgeschlossen. Ihre Regelung war Sache von Schiedsverfahren, durchgeführt von Familienoberhäuptern, Dorfoberen und Kaufmannsgilden.

** Der Glaube an taoistische Vampire kann auf eine lange Tradition zurückgreifen. Schon vorkonfuzianische Sexualhandbücher (z. B. von Pëng-dsu, z. Z. der Mythen-Kaiser und Go Hung, genannt Ban-pu-dsï, ca. 290–339 v. Chr.) verweisen im Zusammenhang mit der Unsterblichkeit auf ihr Vorhandensein.

gespensterähnlichen Geister ist trügerisch und kann verblenden, oft nehmen sie Tier- vornehmlich Fuchsgestalten an wie in »Ah-hsiu und ihre Doppelgängerin« oder »Huan der Neunte, der Schöne«. Ihr erotisch-vampirhaftes Interesse richtet sich auf die Anhäufung von Wissen und Erfahrung zum eigenen Nutzen und auf das Streben nach Langlebigkeit. In dieser egozentrischen Lebenskonzeption wird der Möglichkeit, durch Liebesvereinigung mit einem Menschen Unsterblichkeit zu erlangen, höchste Bedeutung zugesprochen. Leben, Wärme, vitale Kräfte und die Seele wandern nach den Liebeserlebnissen in den neuen Körper der Totengeister. Die Unsterblichen verlassen in der Regel die Gesellschaft. So wie in der Geschichte »Die Reize des Bo Yui-yua« leben sie oft im Gebirge, um sich dort mit dem Tao zu identifizieren. Auch die Zeiteinteilung verschiebt sich; so wähnt Ho-Huan in »Auf der Suche nach der unsterblichen Tsin Je« seinen Aufenthalt bei den Unsterblichen einen Tag, obwohl er in Wirklichkeit sieben Tage von zu Hause weg war.

Aber auch das Wissen um die Geheimnisse der Natur nimmt neben den Geisterelementen einen wesentlichen Raum in der Gedankenwelt des Taoismus ein. Das ›*Studium des Weges*‹ soll u. a. ergründen, wie das Elixier des Lebens herzustellen ist und wie unedle Metalle in Gold verwandelt werden können. Die Intensität dieser Bemühungen lassen sich in der Geschichte »Der Alchimist und seine Konkubine« wiederfinden.

Das Miteinander von Erotik, Historie und Religion wird also verständlich aus einem bestimmten geschichtlichen und religiösen Zusammenhang. Eine Literatur von der Art dieser erotischen Geschichten konnte nur in einer bestimmten Periode geschrieben werden. Nach 1921, als im Anschluß an die Literatur-Revolution von 1919 der primär politische Charakter der Literatur gefordert wurde, wäre sie zum Beispiel nicht mehr möglich.* Zudem wirkten sich veränderte Lebensformen, die sich u. a. in der Modifizierung der Ehe- und Familiengesetze (1931/1950) niederschlugen, natürlich auch auf die Inhalte der Literatur aus. Die vorliegenden Geschichten gehören in die Zeit der späten Ming-Periode (1580–1644 unserer Zeitrechnung). Damals entstanden viele historische (Un-)Sit-

* So verkündeten Mao Tun und Lü Hsin im Januar 1921: »Wir wollen keine Literatur, die der Zerstreuung, dem Vergnügen oder dem Zeitvertreib dient.«

tenromane wie der berühmte »Chin P'ing Mei« *(Pflaumenblüte in der Goldvase)*, 1610 erstmals gedruckt, 1687 als Pornographie indiziert, oder »Hsin-ta Yä-sch'i« (*Die wilde Geschichte vom bestickten Sofa*) und Lü Tiäng-tschëng. Besonders Pu Sung-ling, von dem auch einige Erzählungen in diesen Band aufgenommen wurden, war berühmt für seine Geister- und Liebesgeschichten, die in dem Sammelband »Lian-dschai Dschi-i« zusammengefaßt sind. Lediglich die Geschichte »Die Brüste eines Mädchens« stammt aus der neueren Zeit, fast ein Unikum im maoistischen China.

Man kann die erotische Literatur, die Erzählungen und Romane in vier Arten einteilen:

1. Die Erotik wird um der Erotik willen in den Mittelpunkt des Geschehens gestellt.
2. Die erotischen Erlebnisse nehmen nur einen Teil der Handlung ein, sind aber stark mitbestimmend.
3. Die Autoren schwelgen geradezu in erotischen Schilderungen, verurteilen aber zum Schluß mit moralischen Sentenzen das Verhalten der Helden, wie z. B. Pu Sun-ling.
4. Die Erotik wird zum Medium sozialer Kritik.

Alle vier Literaturgattungen sind in den Erzählungen dieser Sammlung vertreten. Einige Geschichten hat der Übersetzer leicht gestrafft und Passagen, die in keinem direkten Bezug zur eigentlichen Handlung standen und nur für die Leser im alten Reich der Mitte von Interessen waren, gestrichen. Denn vielen chinesischen Autoren von damals lag nicht daran, ihre Geschichte logisch aufzubauen, so daß manche Erzählung in ihrer ursprünglichen Form für den europäischen Leser von heute nicht verständlich gewesen wäre.

Einige Erzählungen dieses Sammelbandes wurden populären chinesischen Sammlungen entnommen, die in verschiedenen Varianten existieren und deren Verfasser oder Herausgeber entweder nicht bekannt oder umstritten sind. In diesen Fällen wurde der Autor als anonym bezeichnet. Andere Geschichten wiederum wurden aus glänzenden russischen und englischen Übersetzungen übertragen, weil die Originale verschollen oder in privaten Sammlungen vergraben sind und nicht herausgegeben werden, da sie sowohl vom kommunistischen China als auch von den Nationalchinesen als endlich bewältigte Vergangenheit abgelehnt werden.

Geschmückt mit echten chinesischen *Brautbildern* , wie sie früher jede chinesische Braut aus *gutem Hause* mit in die Ehe bekam, um auf diese Weise *aufgeklärt* zu werden, darf dieser Band in keiner erotischen Sammlung fehlen.Spaß wird es allen Lesern bereiten,die nicht gerade prüde und der Meinung sind, daß auch die Literatur gewisse Lebensbereiche nicht mit Schweigen übergehen sollte.
Der Herausgeber dankt Frau Leonore Germann, München, für ihre tätige Hilfe am Zustandekommen dieses Bandes und Herrn Rechtsanwalt Dr. Ernst Jarisch, München, der die Brautbilder aus seiner privaten Sammlung zur Verfügung stellte.

Adrian Baar

Die innerhalb der Erzählungen in eckige Klammern [ ] gesetzten Texte sind Anmerkungen des Übersetzers.

Das wundertätige Kloster

anonym

In einer Stadt gab es einst ein großes Kloster, das der barmherzigen Göttin Kwangying geweiht war. Es hatte hunderte von Gemächern, und es war sehr reich, da es eine berühmte Reliquie beherbergte. An die hundert Mönche führten dort ein Leben in Wohlstand und Annehmlichkeit, und jeder Besucher wurde, kaum, daß er die Schwelle des Klosters überschritt, von ihnen empfangen und bewirtet.

Im Tempel dieses Klosters gab es eine sogenannte *Empfängniskapelle*, der man wundertätige Eigenschaften zusprach. Verbrachte eine Frau, die sich ein Kind wünschte, dort die Nacht mit dem Verbrennen von Weihrauch, so bekam sie auch ihr Kind. Allerdings mußten die Frauen jung und gesund sein. Erschien eine solche Frau im Kloster, so befahl man ihr, sieben Tage zu fasten, sich dann in den Tempel zu begeben und sich vor der Göttin Kwangying bis zur Erde zu verneigen. Jede mußte sich auch die Zukunft voraussagen lassen. Rund um die Haupthalle des Klosters hatte man einige Mönchszellen gebaut. Waren nun die Zukunftsaussichten günstig, so verbrachte die Frau eine ganze Nacht in einer der Zellen allein im Gebet. Fiel die Voraussage aber schlecht aus, dann, so hieß es, seien die Gebete dieser Frau nicht aufrichtig gewesen. Daraufhin mußte sie die ganze Prozedur wiederholen, angefangen mit dem siebentägigen Fasten.

Die Mönchszellen hatten keinerlei Öffnungen in der Wand. War also die Zeit reif, so brachte die ganze Familie die Frau in eine der Zellen und dort wurde sie im Beisein aller Angehörigen eingeschlossen. Die Mönche bestanden darauf, daß ein Familienmitglied die Nacht vor der Zellentür verbrachte, damit die Leute nicht behaupten konnten, es sei während der Nacht irgendjemand zu ihr gekommen.

Kam eine Frau nach einer solchen Nacht nach Hause, dann war sie in den meisten Fällen schwanger. Und so gab es kaum eine

Familie in der Stadt, ob es sich nun um eine angesehene Beamtenfamilie oder um einfache Leute handelte, die nicht im Laufe der Zeit eine oder gar mehrere Frauen zum Fasten und Beten ins Kloster geschickt hätte. Ja, die Frauen kamen sogar vom Land angereist, sie kamen aus fernen Provinzen, und ihr Wunsch nach Kindern wurde von der Gottheit (fast immer) erfüllt.

So war denn das Kloster ständig überfüllt, und die Frauen und ihre Verwandten wetteiferten mit Spenden, um auch ja möglichst rasch Zutritt zu einer der wundertätigen Zellen zu bekommen. Die Mönche aber hatten es längst aufgegeben, die Spenden, die dem Kloster so zahlreich zuflossen, irgendwo zu verzeichnen.

Fragte man die Frauen später, wie denn die Gottheit ihnen in der Nacht die Erfüllung ihres Wunsches kundgetan habe, so sagten die einen, sie hätten eine Stimme gehört, die göttliche Gestalt aber nicht erblickt. Andere erzählten, eine niedrigere Gottheit sei in der Zelle erschienen und habe sich zu ihnen gelegt. Wiederum andere behaupteten, sie hätten keinerlei Träume gehabt, und dann gab es noch einige, die bloß erröteten und keine Antwort geben wollten. Manche Frauen wiederholten die Prozedur nie wieder, andere aber kamen so oft zum Tempel, wie es ihnen nur möglich war.

Was aber verbarg sich hinter diesem Wunder, von dem alle Welt sprach? Nun, jede Zelle hatte einen geheimen Eingang. War eine der Frauen, die man dort eingeschlossen hatte, fest eingeschlafen, so trat einer der Mönche leise ein und stürzte sich auf sie, bevor sie auch nur begreifen konnte, was mit ihr geschah. Zum Protestieren war es ohnehin viel zu spät, denn die Mönche, geübt im Umgang mit dem Körper einer Frau, hatten sie bereits entkleidet und vergewaltigt, bevor sie sich hätte wehren können. Aber die Frauen hielten ohnehin den Mund, einmal um ihren Ruf nicht zu gefährden und zum anderen, weil die Mönche gedroht hatten: »Wem wird man eher Glauben schenken – einer Dirne wie dir oder einem Mönch, dessen frommer Lebenswandel von allen gerühmt wird?« Darum blieb den Frauen nichts anderes übrig als zu schweigen.

Die Frauen waren, wie gesagt, jung und gesund und die Mönche bei all ihrem Wohlleben voller Kraft. Überdies sorgten sie noch zusätzlich für ihren Erfolg, indem sie den künftigen Müttern gewisse Pillen verabreichten. Es nimmt daher nicht Wunder, daß die Gebete der Frauen meistens erhört wurden. Besonders gut lief die Sache bei den Frauen, die schon einmal in der *Empfängniskapelle* waren und nun wieder kamen, um die erste Erfahrung zu wiederholen; denn sie waren mehr als willig, und halfen den Mönchen kräftig bei der Kinderherstellung.

So vergingen viele Jahre, und die Mönche erfreuten sich des schönsten Lebens, bis eines Tages Fürst Wang zum Gouverneur der Provinz ernannt wurde. Kaum hatte er seinen Posten angetreten, als er auch schon von dem wundertätigen Kloster hörte. Als nüchterner Mann dachte er bei sich: Normalerweise sollte doch ein Gebet zur Gottheit völlig genügen. Warum müssen die Frauen also die Nacht im Tempel verbringen? Irgendetwas stimmt bei der ganzen Sache nicht.

Aber ohne einen Beweis konnte er nichts unternehmen. Deshalb wartete er den nächsten großen Festtag ab und mischte sich dann unter die Menge der Gläubigen im Kloster.

Vom Haupttor aus sah er das Kloster vor sich, ganz und gar zinnoberrot gestrichen. Der erste Mönch, der ihn erblickte, lief eilends hinein, um die anderen zu warnen, daß Fürst Wang ihnen einen Besuch abstatten wolle. Bald ertönten die Trommeln und Glocken zu Ehren des Gouverneurs, die Mönche stellten sich in zwei Reihen auf und machten einen Kotau, und dem Provinzoberhaupt blieb nichts anderes übrig, als zwischen den Reihen hindurchzuschreiten. Im Tempel verbrannte er etwas Weihrauch, wonach sich der Prior tief vor ihm verbeugte und ihn bat, in der Empfangshalle ein paar Erfrischungen zu sich zu nehmen. Daraufhin wurden Tee und einige Delikatessen aufgetragen. Der Gouverneur sagte:

»Ich habe schon viel von diesem Kloster gehört und möchte eine Eingabe bei Hofe machen wegen einer Ehrenplakette, auf der jeder einzelne Mönch namentlich genannt werden soll.«

Der Prior wollte sich nochmals verbeugen, doch der Gouverneur hielt ihn davon ab und fuhr fort:

»Ich habe auch von der wundertätigen Kapelle gehört. Sagt mir, verhält sich die Sache wirklich so, wie allgemein berichtet wird? Und wie werden diese Gebete eigentlich vorgetragen?«

Der Prior, der keinerlei Verdacht schöpfte, berichtete, daß zuvor eine Fastenzeit von sieben Tagen einzuhalten sei und daß die Wünsche der Frauen je nach Frömmigkeit und Aufrichtigkeit während der nächtlichen Gebete in Erfüllung gingen.

Ganz nebenbei erkundigte sich der Gouverneur dann, welche Maßnahmen man ergriffen habe, um den Ruf der Frauen zu schützen.

»Die Zellen haben keinen Eingang außer der Tür«, erwiderte der Prior. »Und davor hält jeweils einer der Verwandten die ganze Nacht Wache.«

»Ihr habt mich überzeugt«, sagte darauf der Gouverneur. »Ich werde auch meine Frau zu euch schicken.«

»Wenn Ihr Euch einen Sohn wünscht, so genügt es, wenn Ihr und Eure Gattin im Gouverneurspalast aufrichtig betet, Euer Wunsch wird dann zweifellos in Erfüllung gehen«, wandte der Prior rasch ein.

»Aber warum müssen die Frauen anderer Leute hierher kommen«, wunderte sich der Gouverneur, »während meine Frau das nicht nötig hat?«

»Seid Ihr nicht der Beschützer unseres Glaubens, und ist es deshalb nicht zu erwarten, daß die Götter Eure Gebete auch so erhören?« erwiderte der Prior.

»Nun gut, laßt mich aber diese Kapelle besichtigen«, sagte darauf Fürst Wang.

Als die Frauen in der Halle die Männer erblickten, stoben sie auseinander. Vor dem Gouverneur erhob sich eine Statue von Kwangying, der Göttin der Gnade und Barmherzigkeit, die ein Kind in den Armen hielt, während sich weitere Kinder an ihr Gewand klammerten. Altar und Wände waren in erster Linie mit bestickten Schuhen, den Gaben der Frauen, geschmückt. Es brannten unzählige Kerzen, und die Halle war vernebelt vom Rauch der Weihrauchstäbchen.

Nachdem Fürst Wang sich vor der Göttin verbeugt hatte, besuchte er die berühmten Zellen. Die Decken waren mit Blumen ausgemalt und Bett, Tisch und Stühle makellos.

Fürst Wang untersuchte die Zellen aufs Genaueste, konnte jedoch nicht den kleinsten verdächtigen Spalt entdecken. Keine Maus, ja nicht einmal eine Ameise hätte sich Eingang zu einer dieser Zellen verschaffen können. Sein Verdacht

war zwar immer noch nicht zerstreut, doch blieb ihm nichts anderes übrig, als seine Sänfte zu besteigen und sich, begleitet von den Kotaus der Mönche, zurück zu seinem Palast zu begeben. Dort saß er lange in Gedanken versunken. Schon wollte er die ganze Sache auf sich beruhen lassen, als ihm plötzlich ein Plan einfiel. Er rief einen seiner Schreiber und sagte zu ihm:
»Geh und suche mir zwei Huren. Bringe sie in den Palast, aber kleide sie zuvor wie anständige Frauen. Gib dann einer von ihnen eine Dose mit schwarzer Farbe und der anderen ein Kästchen mit karmesinroter Pomade. Ist das geschehen, so schicke sie ins Kloster und laß sie dort eine Nacht verbringen. Nach einer Woche werde ich selber hingehen und die Angelegenheit an Ort und Stelle untersuchen. Du aber wirst deinen Mund halten und niemandem ein Sterbenswörtchen von der Sache erzählen.
Der Schreiber trieb auf der Stelle zwei Huren auf, die er gut kannte. Die eine hieß Mei Chieh und die andere Wang Erh. Er erklärte ihnen das Vorhaben des Gouverneurs, kleidete sie wie vornehme Damen aus guter Familie, ließ sie eine Sänfte besteigen und begleitete sie selbst zum Kloster. Dort wartete er die vorgeschriebene Fastenzeit ab, ließ die Frauen dann in die ihnen zugewiesenen Zellen einsperren und kehrte zum Palast des Gouverneurs zurück.
Unterdessen bewirteten die Mönche etwa zehn Frauen, die um Kinder beten wollten, führten sie, als die erste Wache geschlagen wurde, in ihre Zellen und schlossen sie ab. Danach schlossen sich auch die Mönche in ihren eigenen Zellen ein.
Als Mei Chieh sicher war, daß die Tür hinter ihr zugesperrt war, legte sie das Kästchen mit der karmesinroten Pomade neben ihr Kissen, zog sich aus, löschte die Lampe und legte sich aufs Bett. Da ihre Gedanken jedoch ständig um die ihr zugewiesene Aufgabe kreisten, konnte sie nicht einschlafen.
Die zweite Wache wurde geschlagen. Im Kloster herrschte vollkommene Stille. Mei Chieh dachte schon, es werde nichts geschehen, da hörte sie plötzlich vom Boden her ein Geräusch. Sie fürchtete schon, es sei eine Ratte und sprang auf ihr Bett. Doch zu ihrer Überraschung bewegte sich ein Teil des Bodens, und kurz darauf erschien ein rasierter Kopf, der sich immer weiter in die Zelle schob. Es war ein Mönch.

Erstaunt dachte Mei Chieh: »Diese Erzschelme von Mönchen haben also die ganze Zeit ehrbare Frauen mißbraucht!«
Sie rührte sich aber nicht und wartete, was weiter geschehen würde. Der Mönch löschte seine Lampe, ging zum Bett, zog sich rasch aus und schlüpfte unter die Decke.
Mei Chieh tat so, als schlafe sie fest, fühlte jedoch, wie der Mönch ihre Beine zur Seite und eine Hand zwischen ihre Schenkel schob, bis er ihr warmes, haarbewachsenes Dreieck berührte. Da tat sie so, als wache sie auf und sagte:
»Wer bist du, warum kommst du hierher und versuchst, mich zu entehren?« Und dabei stieß sie ihn weg. Der Mönch aber umarmte sie und flüsterte:
»Ich bin die Gottheit mit dem Körper aus Gold und bin gekommen, dir einen Sohn zu schenken.«
Er streichelte ihren ganzen Leib und schob sie auf dem Bett so zurecht, daß er es bei dem beabsichtigten Spiel von Wolken und Regen bequem haben würde. Mei Chieh war schon lange genug Hure, um dergleichen gewohnt zu sein. Der Mönch aber erwies sich im Bett als so begabt, daß sie ihre Seufzer nicht zu unterdrücken vermochte. Und so tat sie, lüstern wie sie nun einmal war, auch nichts, um ihn abzuwehren. Doch als er den Höhepunkt seiner Leidenschaft erreicht hatte, erinnerte sie sich an ihre Aufgabe und beschmierte seinen Schädel mit der karmesinroten Farbe und zwar so heimlich, daß er nichts davon bemerkte. Als der Mönch bald danach aus dem Bett stieg, steckte er ihr ein kleines Päckchen zu.
»Hier hast du ein paar Pillen. Sie werden dein Gebet noch wirksamer machen. Wenn du jeden Tag drei Unzen davon in heißem Wasser aufgelöst nimmst, wirst du einen Sohn bekommen.«
Nun überkam Mei Chieh eine angenehme Mattigkeit am ganzen Körper. Sie schloß die Augen und war gerade dabei, einzudösen, als sie spürte, wie schon wieder eine Hand sie berührte. In der Annahme, der Mönch sei zurückgekehrt, sagte sie erstaunt:
»Was? Du bist schon wieder da? Kriegst du denn nie genug davon?«
Doch er erwiderte:
»Du täuschst dich. Ich bin gerade erst gekommen. Meine Künste hast du überhaupt noch nicht ausprobiert.«

»Aber ich bin doch müde ...«
»Dann nimm eine von diesen Pillen ...« Und er reichte ihr ein Päckchen. Aus Angst, es könnte Gift erhalten, legte sie es jedoch neben sich, während sie mit der anderen Hand den Kopf des Mönches mit Karmesinrot beschmierte. Kaum hatte sie das getan, da wurde ihr klar, daß der Neuankömmling in der Kunst der Liebe noch beschlagener war als der erste. Er legte sie mal so und mal so, und seine Hände waren flink wie die Schlangen. So vergnügte er sich mit ihr, bis ein Hahn krähte, worauf sich der Boden öffnete und eine Stimme ertönte:
»Hast du denn immer noch nicht genug? Ich glaube, jetzt bin nun wirklich ich an der Reihe.«
Darauf verschwand der Bettgenosse und ein dritter Mönch machte es sich neben ihr bequem. Obwohl Mei Chieh eine Hure war, hatte auch sie nun genug und wehrte sich mit allen Kräften. Doch der Mönch küßte sie auf den Mund, begann dann, ihren ganzen Körper mit Küssen zu bedecken. Als er merkte, daß seine Anstrengungen nicht ausreichten, um sie in Wallung zu bringen, sagte er:
»Wenn dich meine Vorgänger müde gemacht haben, hier ist eine Pille, die wird dir deine Kräfte zurückgeben.«
Mit diesen Worten schob er ihr die Pille in den Mund, und sie mußte sie notgedrungen schlucken. Darauf wurde ihr Körper weich wie Wachs, und sie sehnte sich geradezu nach einem neuen Waffengang.
Das Liebesspiel mit diesem Mönch war ein Genuß ohnegleichen. Doch Mei Chieh vergaß auch jetzt, während sie stöhnte und seufzte, sich im Bett herumwälzte und nicht nur das, was der Mönch von ihr verlangte, tat, sondern noch einiges aus ihrer eigenen Erfahrung dazu, ihre Aufgabe nicht und beschmierte seinen Kopf mit Karmesinrot.
Schließlich verschwand auch dieser Verführer, und sie konnte sich etwas Schlaf gönnen.
In der Zwischenzeit war auch Fürst Wang nicht untätig. Als die fünfte Wache geschlagen wurde, verließ er mit einigen Dutzend entschlossenen Männern seinen Palast. Vor den Toren des Klosters hielten sie an, und die meisten versteckten sich in den Büschen. Nur etwa zehn Leute blieben bei dem Gouverneur zurück. Dann klopfte der Schreiber ans Tor und rief, Fürst Wang sei da und begehre Einlaß.

Als die Mönche das hörten, zogen sie sich in aller Eile an und liefen zu ihrem Prior, um ihn zu warnen. Dieser machte sich bereit, dem Besucher alle Ehren zu erweisen, doch der Gouverneur befahl ihm, alle Mönche zu versammeln und ihm die Liste mit den Namen aller Klosterinsassen zu übergeben.

Daraufhin ließ der Prior die Glocken und Trommeln schlagen, worauf sich die erstaunten Mönche eilends in der Halle versammelten und in einer Reihe aufstellten. Da befahl ihnen der Gouverneur, die Kappen abzunehmen. Und siehe da, die Köpfe von drei Mönchen waren karmesinrot beschmiert, die schwarze Farbe aber zeigte sich unglaublicherweise auf nicht weniger als elf Köpfen.

»Jetzt ist mir klar, warum alle diese Gebete von Erfolg gekrönt sind«, murmelte der Schreiber, der neben dem Gouverneur stand. »Diese Mönche scheinen in der Ausführung ihrer Pflichten äußerst gewissenhaft zu sein!«

»Woher kommen diese karmesinroten und schwarzen Zeichen auf euren Köpfen?« fragte Fürst Wang. Und als die Mönche seine Frage nicht beantworten konnten, ließ er sie in Ketten legen und abführen.

Der Schreiber weckte mittlerweile die beiden Huren. Nachdem sie sich angezogen und ihre Frisuren gerichtet hatten, brachte er sie in die Halle.

»Was habt ihr während der Nacht gesehen und erlebt?« fragte sie der Gouverneur.

Die Frauen erzählten getreulich alles, was sich zugetragen hatte und zeigten die Päckchen mit den Pillen, die sie von den Mönchen bekommen hatten.

»Diebe! Halunken!« schrie Fürst Wang die Mönche an. »So dient ihr also den Göttern! Was habt ihr zu eurer Verteidigung vorzubringen?«

Mittlerweile hatte sich jedoch der Prior vom ersten Schock erholt und versuchte zu retten, was zu retten war. Er befahl allen Mönchen niederzuknien und sagte:

»Für diese Schelme gibt es keine Entschuldigung. Sie müssen mit aller Strenge bestraft werden. Sie waren jedoch die einzigen, die sich derlei Freiheiten erlaubten. Alle anderen Mönche sind unschuldig, und Ihr solltet ihnen eine Strafe ersparen.«

»Haben nur diese zwei Zellen geheime Gänge?« fragte darauf der Gouverneur.

»Ja, es sind nur diese zwei Zellen, aber selbst das habe ich nicht gewußt«, erwiderte der Prior.
»Nun gut«, erklärte Fürst Wang. »Wir werden alle anderen Frauen befragen und dann unser Urteil fällen.«
Danach wurden alle Frauen, die in dieser Nacht um ein Kind gebetet hatten, eine nach der anderen vorgeführt und verhört. Sie alle behaupteten, sie hätten gut geschlafen und wären von keinem Mönch gestört worden. Der Gouverneur wußte jedoch, daß ihre Aussagen von der Angst diktiert waren, ihren Ruf zu verlieren und ließ sie deshalb durchsuchen. Im Ärmel eines jeden Gewandes fanden sich Päckchen mit Pillen. Er fragte sie, woher die Pillen stammten. Doch die Frauen erröteten nur und gaben keine Antwort.
Selbst angesichts dieser erdrückenden Beweise hatte der Prior jedoch die Hoffnung noch nicht aufgegeben.
»Beim Betreten der Halle und noch bevor sie mit dem Fasten begannen, hat jede der Frauen solche Pillen bekommen«, sagte er.
Dem widersprachen jedoch die Huren und blieben fest dabei, die Pillen von den Mönchen in der Zelle erhalten zu haben.
»Die Sache ist völlig klar!« rief der Gouverneur. »Legt alle Mönche und auch den Prior in Ketten!« Sein Befehl wurde befolgt, und nach einigen Tagen wurden die Schuldigen dem Gericht vorgeführt. Den Vorsitz führte Fürst Wang, der auch das Urteil verkündete: Tod durch Köpfen.
Sofort nach der Urteilsverkündung wurden alle hundertzwölf Mönche auf den Markt geführt und geköpft. Zur gleichen Zeit schickte Fürst Wang einige Männer mit Fackeln zum Kloster, um es in Brand zu setzen, und bald waren von dem »wundertätigen Kloster« nur noch rauchende Trümmer übrig.
Die Männer in der Stadt tanzten vor Freude, was man allerdings von den meisten Frauen nicht sagen konnte. Viele waren sehr, sehr traurig und einige weinten sogar insgeheim.

Der Scholar Sung und seine Frau

anonym

Der Scholar Sung, mein Landsmann, heiratete das Mädchen Tsing, das einem alten Geschlecht entstammte. Kaum hatte sie das Haus des Ehemannes betreten, als alle sahen, daß sie enge Hosen und darunter eine Menge Binden trug. Ihr Leib war gänzlich eingeschnürt. Als der Abend kam, widersetzte sie sich ihrem Mann und wollte sich nicht auf das gemeinsame Bett legen. Auch an den kommenden Abenden wollte sie nichts von ihm wissen, ließ sich ein eigenes Bett und davor ein Tischchen aufstellen, auf dem eine Ahle und eine lange Stecknadel lagen, mit denen sie sich bei jedem Versuch ihres Mannes, sie zu einem ehelichen Liebesspiel zu bewegen, wehrte. Sung war oft ganz zerstochen, und so mußte er auch für sich ein separates Bett aufstellen lassen.

So verging über ein Monat. Sung wagte nicht mehr, die Frage der körperlichen Liebe auch nur anzuschneiden, und die Frau sagte zu ihm auch am Tage kein überflüssiges Wort und lächelte ihn kein einziges Mal an.

Alle Schulfreunde Sungs wußten davon, und einer fragte ihn mal heimlich:

»Und wie ist es – kann deine Frau trinken oder nicht?«

»Ein bißchen trinkt sie schon«, erwiderte Sung.

»Jetzt hör mal zu«, fuhr der Freund fort, »ich habe ein Mittel, mit dem man euch versöhnen und alle diese Faxen beenden kann.«

»Welches Mittel?«

»Schütte ein Betäubungspulver in den Wein, sage ihr aber nichts davon. Wenn sie den Wein getrunken hat, kannst du mit ihr machen, was du willst.«

Sung lachte, dachte aber bei sich, daß das ein guter Einfall sei. Er besorgte sich bei einem Heilkundigen ein Betäubungsmittel, kochte es im Wein und stellte diesen auf den Tisch. Abends goß er sich von einem anderen Wein ein, trank allein

ein paar Becher und legte sich schlafen. Das tat er drei Abende hintereinander, die Frau aber trank nichts.
Eines Abends legte sich Sung zum Schlafen hin, behielt aber seine Frau im Auge. Nach einiger Zeit sah er, daß seine Frau immer noch schweigend dasaß. Er begann zum Schein zu schnarchen. Da kletterte die Frau vom Bett herunter, nahm den Wein und stellte ihn auf einen Kohleofen, um ihn zu wärmen. Sung jubelte innerlich, gab jedoch keinen Muckser von sich. Bald goß sich die Frau einen Becher voll mit Wein, leerte ihn bis zur Neige und goß den nächsten ein, den sie zur Hälfte austrank. Den Rest schüttete sie in die Kanne zurück. Dann legte sie sich wieder aufs Bett.
Eine ganze Weile verging, zu hören war jedoch nichts. Inzwischen brannte die Kerze, die sie zu löschen vergessen hatte, immer heller. Da Sung dachte, seine Frau schlafe noch immer nicht, rief er:
»Das Blei vom Kerzenhalter schmilzt!«
Die Frau gab kein Lebenszeichen von sich. Er rief ihr wieder zu, und wieder antwortete sie nicht. Ohne sich anzukleiden, stand Sung auf und ging zu ihrem Bett. Dort sah er, daß sie völlig betrunken war und fest schlief. Da schob er die Decke beiseite, kletterte leise ins Bett und zerschnitt mit einer Schere alle Binden. Die Frau spürte das alles, konnte sich jedoch weder bewegen noch irgendetwas sagen. Sung legte sich dann auf sie, schob ihre Schenkel auseinander und entschädigte sich für die ganze Zeit der Abstinenz, die sie ihm aufgezwungen hatte.
Als die Frau morgens zu sich kam, empfand sie nichts als Ekel, nahm einen Strick und versuchte, sich zu erhängen. Sung hörte im Schlaf ein Brüllen. Er wachte auf, blickte sich um, und sah, daß die Zunge seiner Frau einige Zentimeter lang aus dem Mund hing. Er erschrak, schnitt den Strick ab und schleppte die Frau zum Bett. Nach einer Weile kam sie zu sich.
Seit dieser Zeit haßte und verachtete Sung seine Frau aus ganzer Seele. Ehefrau und Ehemann gingen einander ständig aus dem Weg, begegneten sie sich aber zufällig, so beugte jeder seinen Kopf. So vergingen vier oder fünf Jahre, und in dieser ganzen Zeit wechselten sie nicht ein einziges Wort. Manchmal saß die Frau im Zimmer mit den anderen, erzählte Witze, lachte und war ganz ausgelassen, erschien aber ihr Mann, so erstarrte ihr Gesicht in Kälte wie Schnee und Eis.

Sung verbrachte seine Tage nur in seinem Arbeitszimmer, zuweilen aber verreiste er und kehrte für ein Jahr nicht nach Hause zurück. Selbst wenn man ihn zwang, ins Zimmer seiner Frau zu gehen, wandte er dort das Gesicht der Wand zu, sagte kein einziges Wort und stieg so schnell wie möglich in sein eigenes Bett. Seine Eltern, die das alles sahen, waren sehr betrübt. Eines Tages erschien im Haus eine Nonne, die, kaum daß sie Sungs Frau erblickte, ihr eine Menge Komplimente machte. Die Schwiegermutter sagte nichts und seufzte nur tief. Die Nonne fragte sie, was los sei; da erzählte ihr die Alte, wie es bei ihnen zu Hause zuging.

»Das läßt sich leicht zurechtrücken«, sagte die Nonne.

Die Schwiegermutter faßte neuen Mut.

»Wenn Sie die Einstellung meiner Schwiegertochter zu ihrem Mann ändern könnten, meine Dankbarkeit würde keine Grenzen kennen.«

Die Nonne blickte sich um, sah, daß niemand sonst im Zimmer war und flüsterte der Schwiegermutter ins Ohr:

»Seien Sie so freundlich und kaufen Sie einen *Frühlingspalast* [unanständiges Bild], und in etwa drei Tagen werde ich alles in Ordnung gebracht haben.«

Als die Nonne gegangen war, tat die Schwiegermutter wie geheißen, kaufte einen *Frühlingspalast* und harrte der Dinge, die da kommen sollten. Nach drei Tagen erschien die Nonne tatsächlich wieder.

»Wir müssen ganz vorsichtig sein«, sagte sie belehrend, »und aufpassen, daß weder der Mann noch die Frau irgendetwas erfahren.«

Sie nahm eine Schere und schnitt die menschlichen Gestalten aus dem Bild aus. Dann zog sie drei Nadeln und einen kleinen Strauß wilder Astern hervor und packte alles zusammen in ein weißes Papier, auf das sie einige Linien malte, die wie Würmer aussahen. Danach befahl sie, die Frau unter irgendeinem Vorwand aus ihrem Zimmer zu locken und ihr Kissen zu ihr zu bringen. Sie schnitt den Saum des Kissens auf, legte ihr Päckchen hinein, nähte das Kissen wieder zusammen und legte es auf seinen üblichen Platz. Dann ging sie.

Als die Nacht anbrach, zwang die Frau ihren Sohn, wieder einmal zu Hause in seinem Schlafzimmer schlafen zu gehen. Die Dienerin, die über die Geschichte mit der Nonne Bescheid

wußte, schlich sich verstohlen zum Schlafzimmer, legte das Ohr an die Tür und horchte.
Schließlich hörte sie, wie die Frau Sung bei seinem Kosenamen rief [was Frauen nur tun durften, wenn sie mit ihren Männern allein waren]. Sung erwiderte nichts. Nach einiger Zeit sagte die Frau wieder etwas. Sung stieß vor Ekel auf als wäre ihm zum Erbrechen.
Bei Sonnenaufgang ging die Mutter in beider Schlafzimmer, und was sah sie? Mann und Frau schliefen mit dem Rücken zueinander. Da begriff sie, daß das Mittel der Nonne nichts taugte, weckte ihren Sohn auf, führte ihn in eine Ecke, wo niemand war, und versuchte, ihn zärtlich zur Liebe mit seiner Frau zu überreden. Doch kaum hörte Sung den Namen seiner Frau, als er in Wut geriet und mit den Zähnen knirschte. Da geriet auch die Mutter in Zorn und begann zu schimpfen. Aber Sung blickte sie nicht einmal an und ging fort.
Nach einigen Tagen kam die Nonne wieder. Sungs Mutter erzählte ihr von dem Mißerfolg, aber die Nonne wollte ihr keinen Glauben schenken. Da berichtete ihr die Dienerin, was sie erlauscht hatte, aber die Nonne lachte nur.
»Tja«, sagte sie. »Neulich erzählten Sie mir, daß die Frau ihren Mann nicht ausstehen könne, und da habe ich die eine Partei verhext. Nun ist, wie Sie sehen, die Liebe der Frau zu ihrem Mann wiedererwacht; jetzt müssen wir nur noch den Mann entsprechend bearbeiten. Seien Sie also so freundlich und lassen mich einen doppelten Zauber ansetzen. Das wird ganz sicher helfen!«
Die Mutter tat wie ihr geheißen. Die Nonne verlangte nun das Kissen des Sohnes und nähte den Talisman ein. Erneut befahl die Mutter dem Sohn, im ehelichen Schlafzimmer zu schlafen.
Nachdem sich beide ins Bett gelegt hatten, hörten die Lauscher vor der Tür, wie sie sich lange Zeit von einer Seite auf die andere wälzten, stöhnten und zwischendurch husteten. Offensichtlich konnte keiner von ihnen schlafen. Nach einer Weile sah die Dienerin durch das Schlüsselloch, daß sie zusammen auf einem Bett gelandet waren. Dort saßen sie eng umschlungen und streichelten einander, wobei die Hände immer tiefer rutschten. Plötzlich hauchte die Frau: »Komm schnell, komm zu mir!«, ließ sich auf das Bett fallen und zog den Mann zu sich herunter.

Dann erspähte die Dienerin Bewegungen, die bewiesen, daß der Mann seine Frau als Frau und sie ihn als Mann entdeckt hatte.
Seit diesem Tag lebten der Mann und die Frau in Liebe miteinander wie die Zither Tsin mit der Laute Hsie.
Inzwischen sind beide über dreißig Jahre alt und haben einen Sohn und zwei Töchter. Mehr als zehn Jahre lang hat es zwischen ihnen kein einziges Mal Streit gegeben. Und die geilen Bilder sind noch immer in ihre Kissen eingenäht. Davon allerdings wissen sie nichts.

Huan der Neunte, der Schöne

von Pu Sun-ling

Das Haus von He Shi-tsan, genannt Tse Hsiao, in dem sich dieser auf Staatsprüfungen vorbereitete, lag im östlichen Tiao-tsi. Die Tür seines Studierzimmers öffnete sich auf ein völlig brachliegendes Feld. Eines Tages trat Tse Hsiao hinaus auf das Feld und sah eine Frau, die sich auf einem Esel näherte. Hinter ihr ritt ein Jüngling. Die Frau, die sicher schon über fünfzig Jahre alt war, hatte etwas Sauberes, Gewinnendes an sich. Nun schaute er sich den Jüngling an, der etwa fünfzehn oder sechzehn war. Seine strahlende Schönheit übertraf die jeder schönen Frau.

Die sexuellen Wünsche des Scholaren He richteten sich auf sein eigenes Geschlecht. Und nun, da er den Jüngling erblickte, verließ seine Seele, wie man so sagt, seinen Körper. Er stellte sich auf die Zehenspitzen und verfolgte den Jüngling so lange mit den Blicken, bis er in der Ferne verschwunden war. Erst dann kehrte er nach Hause zurück.

Am nächsten Tag erhob er sich in aller Frühe, um wieder auf den Jüngling zu warten. Aber die Sonne war schon untergegangen und in der Dunkelheit fiel Regen, als schließlich der Jüngling vorbeiritt. Der Scholar suchte nach einem Vorwand, ihn aufzuhalten, lief ihm freundlich entgegen und fragte ihn lächelnd, wohin er reite. Der Jüngling antwortete, daß er zum Großvater mütterlicherseits unterwegs sei. Der Scholar lud ihn ein, in sein Haus zu kommen und sich in seinem Studierzimmer auszuruhen. Der Reisende lehnte jedoch das Angebot ab und erklärte, er habe keine Zeit.

Der Scholar aber ließ nicht locker, und schließlich trat der Jüngling tatsächlich ins Zimmer ein. Dort saß er eine Weile, stand dann aber auf und verabschiedete sich und zwar mit aller Entschiedenheit. He gelang es nicht, ihn zurückzuhalten. Da nahm ihn der Scholar bei der Hand, führte ihn hinaus und bat ihn inständigst, doch das nächste Mal, wenn er wieder an

seinem Haus vorbeireite, wieder bei ihm einzutreten. Widerwillig gab der Jüngling sein Einverständnis und ritt davon.
Seit dieser Zeit gab es für den Scholaren nur einen Gedanken: Ihm war, als habe ihn ein quälender Durst überfallen. Einem Besessenen gleich, gönnte er seinen Beinen keine Ruhe, lief unentwegt hin und her und blickte auf die Straße.
Eines Tages dann, als die Sonne mit ihrer Halbkugel die Erde erfaßte, tauchte der Jüngling plötzlich auf. Freudig lief ihm der Scholar entgegen und bestand darauf, in sein Studierzimmer zu kommen. Seinem Diener befahl er, aus dem Gasthof Wein zu holen. Dann fragte er den Jüngling nach seinem Namen und seinem Künstlernamen. Dieser erwiderte, er heiße Huan und sei der neunte Huan in der Familie; da er noch sehr jung sei, habe er aber keinen Künstlernamen.
»Meine Mutter lebt bei meinem Großvater«, fuhr er fort. »Sie ist oft krank und darum besuche ich sie so häufig.«
Nachdem sie mehrere Becher Wein getrunken hatten, wollte sich der Jüngling verabschieden und seinen Weg fortsetzen. Der Scholar packte ihn jedoch bei der Hand und ließ ihn nicht fort. Eilig verschloß der die Tür und ließ den Schlüssel in seine Tasche gleiten. Der Jüngling, der nicht wußte, was er tun sollte, errötete und setzte sich wieder.
Der Scholar schürte das Feuer und unterhielt sich eine Weile mit seinem Gast. Der Jüngling war zart und schamhaft wie eine Jungfrau. Sobald der Scholar ein paar zweideutige Witze zum Besten gab, genierte er sich und wandte sein Gesicht der Wand zu.
Es dauerte nicht lange, da ergriff ihn der Scholar bei beiden Händen und zog ihn zu sich unter die Decke. Der Jüngling wehrte sich heftig und behauptete, er schlafe außerordentlich unruhig, so daß er seinen Gastgeber nur stören würde. Doch der Scholar hatte anderes im Sinn und ließ nicht locker. Da blieb dem Jüngling nichts anderes übrig: Er streifte schließlich sein Obergewand und die Unterwäsche ab, zog eine Hose an und legte sich aufs Bett.
Der Scholar löschte das Feuer und schob sich an ihn heran. Er rutschte auf das gleiche Kissen, legte dem Jüngling die Hand auf die Hüfte, umarmte ihn geil und bat ihn flehentlich, ihm zu Willen zu sein. Da schäumte der Jüngling vor Wut:
»Bisher hielt ich Sie für einen gebildeten Mann von tiefem

Wissen, und deshalb habe ich mich mit Ihnen unterhalten. Das aber, was Sie nun mit mir vorhaben, hieße, mich für ein Stück Vieh zu halten und mich auf viehische Weise zu lieben.«

Als dann die morgendlichen Sterne nur noch ganz schwach strahlten, stand der Jüngling auf, zog sich an und ging entschlossen fort.

Der Scholar aber in seiner Angst, der von ihm heißgeliebte Mann werde nun alle Beziehungen zu ihm abbrechen, lauerte ihm weiterhin auf der Straße vor seinem Haus auf. Stundenlang stand er vor seiner Tür, trat von einem Bein auf das andere, den Blick starr in die Ferne gerichtet, und seine Augen schienen das Nordlicht zu durchdringen.

Nach einigen Tagen erschien der Jüngling wieder. Der Scholar lief ihm entgegen, entschuldigte sich für sein Verhalten, zog ihn, da er seine Leidenschaft nicht mehr zügeln konnte, in sein Studierzimmer und unterhielt sich fröhlich und ausgelassen mit ihm, in tiefster Seele glücklich, daß der Jüngling offenbar nicht nachtragend war. Nach einiger Zeit zog er seine Schuhe aus, kletterte aufs Bett und begann seinen Gast zu streicheln und ihn anzuflehen, doch seine Liebe zu erwidern. Aber der Jüngling blieb stumm. Da griff ihm der Scholar mit der Hand in die Hose, erfaßte eine seiner Hinterbacken, und begann sie zu kneten und zu liebkosen.

»Ihre Bindung an mich«, gab der Jüngling zu, »hat in mir bereits freundliche Gefühle Ihnen gegenüber geweckt. Doch müssen Bindung und Liebe unbedingt in einer Handlung wie dieser bestehen?«

Der Scholar zog alle Register der Verführung. Er sprach davon, wie sie eng verschlungen in den Wonnen der Lust versinken würden und bat inständig um Erlaubnis, die Jaspishaut des Jünglings berühren zu dürfen – und sei es nur ein einziges Mal. Da willigte der Jüngling ein. Der Scholar streichelte seine Pobacken und seine Schenkel, bis er eingeschlafen war, dann preßte er sich noch enger an ihn, knöpfte seine eigene Hose auf und ließ seinen Speer zwischen die süßen fleischigen Hügelchen gleiten. Doch der Jüngling erwachte, sprang auf, packte seine Kleider und rannte hinaus in die Dunkelheit.

Der Scholar verfiel in tiefe Trauer. Ihm war, als habe er das Wichtigste in seinem Leben verloren. Er aß nicht mehr, legte seinen Kopf nicht mehr auf das Kissen und wurde von Tag zu Tag kränklicher. Seine einzige Beschäftigung bestand darin, seinen Diener hinauszuschicken, um dem Jüngling aufzulauern.

Eines Tages kam der Jüngling tatsächlich an der Tür vorbei, wollte aber einfach weiterreiten, doch der Knabe, der bei dem Scholaren in Diensten war, packte ihn beim Gewand und schleifte ihn in das Studierzimmer. Als der Jüngling sah, wie krank und blaß der Scholar war, erschrak er zutiefst und begann ihn auszufragen und zu trösten. Der Scholar gestand ihm erneut seine Liebe, und seine Tränen fielen ihm dabei so dicht aus den Augen wie seine Worte aus dem Mund.

Da flüsterte der Jüngling:

»Ich habe gedacht, eine solche Liebe werde mich nicht befriedigen und für Sie den Untergang bedeuten. Nur deshalb wollte ich nicht mitmachen. Doch wenn Sie nun einmal Spaß daran haben, mir macht es ja nichts aus ...«

Kaum waren diese Worte gefallen, als das Gesicht des Scholaren erstrahlte, er den Jüngling auf sein Bett zog und ihm mit zitternden Händen die Hosen herunterstreifte. Nachdem er die von ihm so heißersehnte Liebesvereinigung vollzogen hatte, besserte sich sein Zustand, und nach einigen Tagen hatte er sich völlig erholt.

Schon bald erschien der Jüngling wieder und schmiegte sich von selbst ganz eng an ihn. Nun brauchte der Scholar seiner Leidenschaft keine Zügel mehr anzulegen. Als er den Gipfel der Geilheit überschritten hatte, sagte der Jüngling:

»Heute habe ich mich überwunden und mich Ihnen freiwillig hingegeben. Aber glauben Sie nicht, daß es immer so sein wird. Gewöhnen Sie sich lieber nicht an mich. Sie wären bei einer schönen Frau, die tausend Mal anmutiger ist als ich, viel besser aufgehoben.«

»Wer ist das? Wo ist sie zu finden?« fragte der Scholar neugierig.

»Ich habe eine Base«, sagte der Jüngling. »Sie ist eine Schönheit, die ihresgleichen sucht! Wenn Sie sich zu ihr herablassen könnten, würde ich gerne die Rolle des Heiratsvermittlers für Sie übernehmen.«

Der Scholar lächelte, sagte aber nichts. Da begann der Jüngling wieder zu sprechen:

»Ich wollte Sie um eine Kleinigkeit bitten. Könnten Sie mir vielleicht helfen?«
»Worum handelt es sich?« fragte der Scholar.
»Meine Mutter hat Herzbeschwerden. Sie kann nur mit der *Ersterhimmelheilpille* von Tsi Je-wang geheilt werden. Sie stehen ganz gut mit ihm und könnten ihn darum bitten.«
Der Scholar versprach ihm, das zu tun.
Von diesem Tag an kamen sie jeden Abend zusammen und genossen die Wonnen der gleichgeschlechtlichen Liebe jeweils die ganze Nacht. Und jedesmal erinnerte der Jüngling den Scholaren an sein Versprechen. Eines Tages ging der Scholar also zu Tsi, der ihn scharf anschaute und sagte:
»Sie sehen blaß aus und machen ein finsteres Gesicht. Sind Sie krank?«
»Nein«, erwiderte der Scholar.
Tsi fühlte ihm den Puls und war entsetzt.
»Sie haben ja den Teufel im Puls!« rief er aus. »Die Krankheit sitzt in ihrem männlichen Glied. Sie haben sich doch nicht etwa mit einem Fuchs oder einem Gespenst eingelassen?«
Der Scholar verneinte die Frage, ging nach Hause und erzählte alles dem Jüngling.
»Ein vorzüglicher Arzt!« sagte dieser seufzend. »Ich bin tatsächlich ein Fuchs, ein böser Geist, und glaube, daß ich Ihnen kein Glück bringen werde.«
Als er gegangen war, erkrankte der Scholar ernstlich, und Tsi wurde zu ihm gerufen. Dieser untersuchte ihn sorgfältig und sagte darauf:
»Da haben wir es! Das letzte Mal haben Sie mir nicht die Wahrheit gesagt, und nun wandert der Atem Ihres Lebens bereits durch Einöden ... Selbst Tsin Huan, der größte Arzt, der je gelebt hat, könnte Ihnen jetzt nicht mehr helfen.«
Der Jüngling besuchte den Scholaren weiterhin jeden Tag.
»Sehen Sie«, sagte er, »Sie wollten ja nicht auf mich hören, und so sind Sie in diesen Zustand geraten.«
Nach einigen Tagen starb der Scholar. Der Jüngling weinte bitterlich und ging davon.

Noch ehe sich das alles zutrug, lebte in der Provinzstadt, in der der Scholar starb, ein Höfling. In seiner Jugend hatte er zusammen mit dem Scholaren He seine Studien betrieben,

doch schon als er achtzehn Jahre alt war, entdeckten die Lehrer seine ungewöhnliche Begabung, und er wurde in die Akademie aufgenommen, die sich damit befaßte, die Geschichte des Blumenreiches [China] aufzuzeichnen.
Den Posten eines Fantai [Finanzkommissar, Steuereintreiber] in Tsing bekleidete seinerzeit ein Mann, der ebenso gewalttätig wie bestechlich war. Kein Höfling wagte es, seine Verbrechen dem Kaiser zu melden. Das neue Akademiemitglied jedoch zeigte seine Entschlossenheit und überreichte dem Hof ein Memorandum, in dem alle Schandtaten des Fantai aufgezählt waren. Damit hatte der Scholar allerdings seine Vollmachten überschritten. Er verlor seinen Posten, der Fantai aber wurde zum Provinzgouverneur ernannt. Und nun lauerte er nur darauf, dem jungen Scholaren irgendeinen Fehler nachweisen zu können.
Unser Scholar aber stand von Kind auf im Ruf der Tapferkeit und war bei dem Fürsten, der gegen den Kaiser rebelliert hatte, gut angeschrieben. Obwohl der Fantai nun wußte, daß der Scholar dem Rebellen keinerlei Dienste erwiesen hatte, schickte er ihm einen Drohbrief. Der Scholar erschrak derart, daß er Selbstmord durch Erhängen beging.
Als aber der Morgen anbrach, kehrte der Scholar plötzlich ins Leben zurück. Den überraschten Verwandten erklärte er:
»Ich bin He Tse-hsiao!«
Sie fragten ihn aus und stellten fest, daß alles, was He erzählte, sich tatsächlich in seinem Hause abgespielt hatte. Da begriffen alle, daß Hes Seele in einen fremden Körper gefahren war. Trotzdem versuchten die »Verwandten«, ihn bei sich zu behalten. Doch er riß sich los und lief zu seinem alten Haus.
Der Gouverneur hegte den Verdacht, daß die sogenannte »Auferstehung« nichts als Betrug sei und sann auf Mittel und Wege, He zugrunde zu richten. Nach einigen Tagen schickte er einen Abgesandten zu ihm, der tausend Lan von ihm forderte und ihm drohte, der Gouverneur werde ihn, falls er nicht zahle, beim Kaiser denunzieren. Der Scholar tat so, als wäre er bereit zu zahlen. In Wirklichkeit aber wollte er seinem Leben erneut ein Ende setzen.
Eines Tages wurde ihm gemeldet, der Jüngling Huan wolle ihn sprechen. Wieder entbrannte er in Lüsternheit, und er flehte

Huan an, sich ihm wie in alten Zeiten hinzugeben. Doch der Jüngling fragte ihn:

»Sagen Sie, mein Herr, wie viele Leben haben Sie, drei oder etwa noch mehr?«

»Der Tod ist mir lieber als die Qualen, die ich in dieser Welt zu ertragen habe«, erwiderte He.

Daraufhin erzählte er ihm von dem Gouverneur und wie dieser ihn verfolgt hatte. Nachdem der Jüngling eine Weile in Gedanken versunken war, sagte er:

»Glücklicherweise habe ich Sie wieder lebend angetroffen. Doch so allein, ohne eine Lebensgefährtin, das ist doch kein Leben! Erinnern Sie sich, was ich Ihnen über meine Base erzählt habe? Also: Sie ist klug, schön und erfinderisch. Sie wird Ihnen sicher helfen, mit diesen Unannehmlichkeiten fertig zu werden.«

Nun wollte unser Scholar wenigstens einmal ihr Gesicht sehen.

»Das ist leicht zu machen«, erwiderte der Jüngling, der froh war, das geschlechtliche Leben seines Freundes in andere Bahnen lenken zu können. »Morgen nehme ich Sie zu meiner alten Mutter mit. Sie wird die gleiche Straße einschlagen, die ich immer gekommen bin. Tun Sie so, als wären Sie mein älterer Bruder. Ich werde über Durst klagen und Sie bitten, mir Wasser zu reichen. Darauf sagen Sie: »Der Esel ist weggelaufen!« Das wird das Zeichen Ihres Einverständnisses sein.

Mit dieser Abmachung trennten sie sich. Am nächsten Tag, kaum daß die Sonne den Mittag anzeigte, ging der Jüngling tatsächlich in Begleitung eines jungen Mädchens an der Tür vorbei. Unser Scholar begrüßte ihn mit einem Zeichen, und sie begannen leise miteinander zu flüstern, wobei der Scholar immer wieder flüchtige Blicke auf Huans Begleiterin warf. Er sah ein anmutiges, anziehendes, wohlgestaltetes, bezauberndes Mädchen vor sich – eine richtige Fee!

Der Jüngling bat He um Wasser, und darauf lud er die beiden ein, in seinem Studierzimmer ihren Durst zu löschen.

»Du sollst dich nicht wundern, Schwester«, sagte der Jüngling, »das ist nämlich mein älterer Bruder, und wir haben uns ewige Freundschaft geschworen. Wir können uns also ohne weiteres bei ihm ausruhen.«

Mit diesen Worten half er ihr beim Absteigen. Den Esel band er

an der Tür fest. Dann gingen sie hinein. He erhob sich, um Tee zuzubereiten, blickte den Jüngling an und sagte:
»Was Sie mir das letzte Mal gesagt haben, erschöpft die Angelegenheit keineswegs, denn man braucht nicht unbedingt zu zweit zu sein – zu dritt geht es nämlich auch ...«
Das Mädchen, das naturgemäß nichts verstanden hatte, stand auf und sagte zu seinem Bruder:
»Gehen wir!«
Doch unser Scholar lief zur Tür, schaute hinaus und rief:
»Der Esel ist weggelaufen!«
Da rannte der Jüngling wie der Blitz hinaus, der Scholar aber umarmte das Mädchen und bat sie, sich mit ihm in Liebesglut zu vereinigen. Bei diesen Worten stieg ihr helle Röte ins Gesicht, und sie blickte wild um sich, als sei sie in ein Gefängnis geraten. Dann rief sie nach ihrem Bruder, doch der Jüngling antwortete nicht.
»Sie haben doch eine Frau, mein Herr«, warf sie dem Scholaren vor. »Wieso wollen Sie meine Ehre antasten?«
He erklärte ihr, daß er nicht verheiratet sei.
»Können Sie beim Berg und beim Fluß schwören, daß das wahr ist? Dann brauchen Sie nur zu befehlen, und ich werde Ihnen aufs Wort gehorchen!«
Als er bei der strahlenden Sonne und beim Mond schwor, daß er keine Frau habe, leistete das Mädchen keinen Widerstand mehr. Er trug sie in das gleiche Bett, in dem er sich mit dem Jüngling vergnügt hatte und entblößte die ganze Schönheit ihres wohlgestalteten Körpers. Dann schmiegte er sich von hinten an sie und versuchte, sie auf unnatürliche Weise zu durchbohren.
»Aber mein Herr!« sagte das Mädchen. »Sie wollen doch sicherlich Nachkommen haben – wie sollen sie auf diese Weise zustande kommen?«
Er wunderte sich über ihre Klugheit und ließ von seinem Vorhaben ab. Mit ihren rhythmischen Bewegungen aber, den Wellen des Ozeans gleich, sorgte sie dafür, daß er auch so auf seine Kosten kam.
Als alles vorbei war, erschien der Jüngling. Mit strengem Gesichtsausdruck beschimpfte ihn das Mädchen.
»Das, meine Liebe, ist He Tse-hsiao«, sagte er. »Früher war er ein berühmter Literat, und nun ist er bei Hofe. Wir beide sind

die besten Freunde. Er ist ein sehr zuverlässiger Mann. Gleich werden wir die Tante benachrichtigen, und sie wird dir bestimmt keine Vorwürfe machen.«
Der Abend kam. He wollte das Mädchen zurückhalten, doch sie meinte, die Tante werde unruhig sein und sich Gedanken machen. Der Jüngling redete ihr jedoch gut zu, sagte, er werde der Tante alles erklären, bestieg den Esel und ritt fort. Seine Base ließ er dem Scholaren zurück.
Mit der Zeit gefielen He die Freuden, die er mit seiner Frau – er hatte das Mädchen bald danach geheiratet – genoß, immer mehr. Trotzdem machte er den Eindruck eines unglücklichen Menschen. Eines Nachts, nachdem sie die Wonnen der Liebe ausgekostet hatten und matt und abgespannt im Bett lagen, fragte ihn seine Frau, was das zu bedeuten habe. Er erzählte ihr die ganze Geschichte mit dem Gouverneur, doch sie lachte nur.
»Das kann mein neunter Bruder«, sagte sie, »leicht in Ordnung bringen. Es gibt also keinen Grund, unglücklich zu sein.«
He fragte sie, was Huan der Neunte in dieser Angelegenheit unternehmen könnte.
»Ich habe gehört«, sagte die Frau, »daß der Gouverneur sich ganz dem Vergnügen ergibt und eine besondere Vorliebe für schöne Knaben hat. Wir müssen also darauf hinwirken, daß der Gouverneur sich in meinen Vetter verliebt und ihm Huan dann schenken ... So wird er dir alles verzeihen, und wir werden uns an ihm rächen können.«
He äußerte seine Besorgnis, Huan könne darauf nicht eingehen.
»Überlaß das nur mir«, sagte seine Frau.
Als Huan am nächsten Tag zu ihnen kam, setzte ihm seine Base den Plan, den sie mit He ausgetüftelt hatte, auseinander. Doch Huan wollte davon nichts hören. Da geriet die Frau in Rage und schrie ihn an:
»Wegen dir mußte ich meine Jungfernschaft opfern und meinen Leib diesem Mann hier schenken, und nun willst du für mich nicht das kleinste Opfer bringen.«
Da blieb Huan nichts anderes übrig, als den Plan gutzuheißen und zu erklären, er werde alle ihre Wünsche erfüllen. Daraufhin schickte He ihn mit einem Brief, in dem er gewisse Andeutungen gemacht hatte, zu seinem Freund, dem Höfling Wang.

Wang begriff sofort, was He von ihm erwartete und gab ein großes Festessen, zu dem er auch den Gouverneur einlud. Dann befahl er Huan, sich Frauenkleider anzuziehen und den Tanz des teuflischen Mo vorzuführen. In dieser Gewandung glich Huan tatsächlich einer wunderschönen Frau.
Der Gouverneur verliebte sich mit aller Kraft seiner Seele in ihn und begann sofort, Wang zu bedrängen, ihm den Jüngling zu verkaufen.
»Auf den Preis soll es nicht ankommen«, sagte er. »Ich zahle alles, was Sie verlangen.«
Wang spielte den Unentschlossenen und tat so, als wollte er keine Antwort geben. Tief bedrückt kehrte der Gouverneur nach Hause zurück. Dort wartete aber Huan auf ihn – von He als Geschenk übersandt. Der Gouverneur war so begeistert, daß er alle alten Streitigkeiten begraben sein ließ. Nun, da der Jüngling in seinem Haus wohnte, trennte er sich nie mehr von ihm. Er hatte zwar einige Dutzend Mädchen, die jederzeit bereit waren, ihm zu Willen zu sein, doch für ihn waren sie wie Schmutz und Staub. Einige Monate lang genoß er die Wonnen der Liebe mit dem Gespenst, wurde dann aber krank und starb sehr bald. Es war, wie zuvor bei He, die Strafe für den intimen Umgang mit einem bösen Geist. Seinen ganzen Besitz aber hinterließ der Gouverneur dem Jüngling, der einen großen Palast erbaute, wo er mit He, seiner Base und allen seinen Familienangehörigen ein ausgelassenes Leben führte. So kam auch He zur Erfüllung seines sehnlichsten Wunsches – eine Ehe zu dritt zu führen: mit einer anmutigen Frau und einem wunderschönen Knaben. Da er bereits einmal gestorben und wiedergeboren war, drohte ihm für die geschlechtliche Liebe, die er mit dem Fuchs genoß, keine himmlische Strafe mehr.

Die Reize des Bo Yui-yua

von Pu Sun-ling

Wu Yun, auch Tsin-han genannt, stand schon in jungen Jahren in dem Ruf, ein glänzender Stilist zu sein. Ein Höfling erster Klasse nun lobte seine Aufsätze und ließ dem Scholaren durch einen Freund eine Einladung zugehen, ihn zu besuchen. Als der Höfling nunmehr seinen begeisterten und geistreichen Reden gelauscht hatte, rief er aus:
»Wie kann es sein, daß ein derart begabter Mensch wie Scholar Wu ständig Not leidet und so arm ist?«
Darauf ließ er dem Scholaren durch einige Nachbarn ausrichten, er werde ihm, sobald er die Staatsprüfung bestanden habe und ein wichtiger Beamter sei, seine Tochter zur Frau geben.
Die Tochter war von großer Schönheit, so daß der Scholar, als er die Nachricht erhielt, in Begeisterung geriet und zusehends an Selbstvertrauen gewann. Dennoch fiel er bei den herbstlichen Prüfungen durch und ließ dem Höfling folgendes ausrichten:
»Daß ich berühmt und reich werde, ist gewiß. Was ich nicht weiß, ist, wann das geschehen wird. Da die Staatsprüfungen für den höchsten Beamtenrang lediglich einmal in drei Jahren stattfinden, bitte ich Eure Tochter, drei Jahre auf mich zu warten. Bestehe ich die Prüfung wieder nicht, so kann sie einen anderen heiraten.« Fortan lernte er noch verbissener und führte das Leben eines Asketen.
Als er eines Nachts unter dem runden Mond saß, erschien ein Scholar mit ganz weißem Gesicht und einem kleinen Schnurrbart. Er hatte eine sehr dünne Taille und lange Nägel. Wu fragte ihn, wo er herkomme. Der Scholar erklärte, er heiße Bo Yui-yua. Sie unterhielten sich, ihre Gespräche wurden allmählich immer offener, und der Gast öffnete Wu seine ganze Seele. Wu wurde von großer Zuneigung zu ihm erfaßt und ließ ihn bei sich übernachten. Es war schon spät am Morgen, als der Gast sich anschickte wegzugehen, und Wu lud ihn ein, ihn so oft wie

möglich zu besuchen. Bo war sehr gerührt und äußerte auf der Stelle den Wunsch, ein Zimmer bei Wu zu mieten. Sie setzten den Termin fest und verabschiedeten sich.
Am festgesetzten Tag erschien erst ein Diener mit Küchenutensilien und dann Bo selbst, der auf einem Rennpferd, einem richtigen Drachen, ritt. Wu brachte den Freund in einem separaten Haus unter, sein Pferd übergab er dem Diener. Nun verbrachten sie Tage und Nächte zusammen und wurden die besten Freunde.
Wu blickte in die Bücher hinein, die Bo studierte – sie waren irgendwie ganz außergewöhnlich, jedenfalls nicht wie die Bücher, die man normalerweise als Lehrstoff benutzt. Von solchen Büchern hatte er kein einziges. Da staunte Wu sehr und fragte, wie sich das erklären lasse.
»Jeder Scholar«, sagte Bo lächelnd, »hat seine eigenen Interessen. Ich gehöre nicht zu den Menschen, die Ruhm und Auszeichnungen anstreben.«
Eines Tages holte Bo ein Buch aus der Schublade und gab es Wu.
»In diesem Buch wird die Kunst gelehrt, wie man das Alte aus- und das Neue einatmet. Diese Kunst befriedigt die höchsten Wünsche des Menschen und gibt seinem Leben einen Sinn.«
Wu vermochte den Inhalt des Buches nicht zu begreifen und hielt alles für nutzlose Narretei. Daher legte er das Buch beiseite und versprach, später sorgfältiger darin zu lesen.
Eines Tages sagte Bo zu ihm:
»Erinnern Sie sich an das Buch, das ich Ihnen einmal gab? Es ist eine Leiter und das Schiff der Heiligen!«
»Was ich brauche«, lächelte Wu, »ist hier nicht zu bekommen. Überdies, wer Heiligkeit anstrebt, muß ein für allemal alle männlichen Gefühle unterdrücken und seinen Kopf von allen irdischen Gedanken reinigen. Leider gelingt mir das alles noch nicht ...«
Bo fragte ihn nach dem Grund. Wu sagte, daß ihn der Gedanke der Fortpflanzung seiner Familie beschäftige.
»Und warum haben Sie dann so lange nicht geheiratet?« fragte Bo.
Wu erwiderte mit den Worten der Dichter aus alten Zeiten:
»Ich bin demütig, habe jedoch einen Mangel. Ich bin demütig, aber ich liebe die Frauen.«

»Und wie heißt das Mädchen, dem Sie sich in Liebe ergeben haben?«
Da erzählte ihm Wu alles. Bo bezweifelte, daß das Mädchen wahrhaft schön sei.
»Das ist nun wirklich eine Tatsache, die jeder bestätigen kann und nicht nur mein unmaßgeblicher subjektiver Geschmack.«
Bo kicherte und schwieg.
Am nächsten Tag packte er rasch seine Sachen und kam, um sich zu verabschieden. Wu war traurig, daß Bo gehen wollte. Sie redeten und redeten und konnten sich nicht trennen. Da befahl Bo seinem Diener, mit dem Gepäck schon voraus zu gehen und unterhielt sich weiter mit seinem Freund.
Plötzlich sah Wu, wie eine Zikade mit Gezirpe auf den Tisch fiel. Da verabschiedete sich Bo sofort endgültig.
»Die Kutsche ist da und ich muß fort. Sollten Sie sich meiner erinnern, lüften Sie mein Bett und legen Sie sich darauf ...«
Wu wollte noch fragen, was das zu bedeuten habe, doch Bo schrumpfte im Nu bis zur Größe eines kleinen Fingers, sattelte die Zikade und verschwand mit ihr hinter den Wolken. Nun begriff Wu, daß Bo ein außergewöhnlicher Mensch war und gab sich fortan seinen Tagträumen hin.
Einige Tage vergingen. Das Wetter war trübe und regnerisch. Wu schwelgte ganz in den Erinnerungen an Bo. Als er zufällig auf sein Bett blickte, sah er dort winzige Mäusespuren. Er seufzte tief, entfernte den Staub von der Matratze, bedeckte sie mit einem Laken und legte sich zum Schlafen hin. Plötzlich sah er einen Knaben – Bos Diener, der gekommen war, ihn zu seinem Herrn einzuladen. Zugleich mit ihm erschien ein Phönix und ließ sich zu seinen Füßen nieder. Der Knabe packte ihn und sagte:
»Wir werden den schwarzen Pfad nicht bewältigen können. Besteigen Sie diesen Vogel, er wird Ihnen Ihre Beine ersetzen.«
Wu befürchtete, daß ein so kleiner und zarter Vogel mit einer solchen Last nicht fertig würde, doch der Knabe wiederholte nur:
»Versuchen Sie es, setzen Sie sich einfach drauf!«
Der Scholar tat wie ihm geheißen und auf einmal sah er, daß es noch eine Menge Platz gab. Der Knabe setzte sich nun auf den

Schwanz des Vogels, schrie auf, und sie flogen in die Lüfte. Kaum waren ein paar Minuten vergangen, als irgendwelche roten Tore sichtbar wurden. Der Knabe stieg als erster ab, half dann dem Scholaren, der ihn fragte, was das für ein Ort sei. »Das sind die Himmelstore«, erwiderte der Knabe.
Der Scholar erblickte einen riesigen Tiger, der dort vor den Toren lag. Entsetzen stieg in ihm auf, doch der Knabe schützte ihn mit seinem Körper. Bilder wechselten mit jedem Schritt, und sie waren ganz anders als alles, was man auf dieser Welt sehen kann ... Der Knabe führte ihn zu einem geräumigen Mondpalast.
Jede Treppe des Palastes bestand aus Bergkristall und ein Mensch, der dort hinaufstieg, schien sich zwischen mehreren Spiegeln zu bewegen. Zwei U tung Bäume, in denen Phönixe ihre Nester bauen, wuchsen in die Wolken hinein – so dick, daß ein Mann sie nicht umfassen konnte. Der Wind trug den Duft der Blumen überallhin. Die Fenster in den Häusern und Pavillons waren rot. Wunderschöne Frauen, deren reizende Gesichter und schmale Taillen ihresgleichen auf der ganzen Erde suchen, gingen ein und aus. Der Knabe berichtete dem Scholaren, im Palast Si Wan Mu gebe es Frauen, die noch schöner seien als diese. Doch gleichzeitig äußerte er die Befürchtung, sein Herr warte schon seit langem auf Wu und ihn, und deshalb könnten sie sich hier nicht lange aufhalten. Darum führte er ihn aus dem Palast heraus, und sie gingen weiter. Nach einiger Zeit erblickten sie Bo, der vor den Toren auf sie wartete. Bo nahm den Gast bei der Hand und führte ihn in das Haus. Wu schaute aus dem Fenster: Vor ihm breitete sich ein klares Gewässer und weißer Sand aus. Man hörte das Rauschen von Quellen. Die Treppe war aus Edelsteinen und die Balustrade mit Schnitzereien verziert.
Kaum hatte der Gast Platz eingenommen, als eine bezaubernde, etwa sechzehn Jahre alte Dienerin eintrat und aromatischen Tee servierte. Danach befahl Bo, Wein zu bringen. Nun erschienen vier schöne Frauen, die singende Steine im Gürtel trugen. Sie stellten sich links und rechts von Wu auf und begannen, ihn zu bedienen. Kaum spürte Wu ein leichtes Jucken am Rücken, als auch schon eine der Schönen unter sein Gewand langte und ihn mit den langen Nägeln ihrer schmalen Finger kratzte. Wu war es, als seien Herz und Seele ganz und

gar aufgewühlt und es ziehe ihn irgendwohin, wobei ihn große Unruhe erfaßte. Er wurde immer trunkener und verlor nach und nach jede Selbstbeherrschung. Lächelnd schaute er die Schöne an, schmiegte sich an sie und wollte sie in eine Unterhaltung verwickeln. Doch sie machte sich ebenso lächelnd los. –
Bo befahl den Schönen, Lieder zu singen und den Gast zum Trinken zu bewegen. Nun hob eine von ihnen, die ein braunes Gewand trug, einen Becher und wandte sich dem Gast zu; dann näherte sie sich dem Tisch und sang mit klarer Stimme, während die anderen sie mit Flöten und anderen Instrumenten gleichsam als Echo begleiteten.
Als sie geendet hatten, goß ein anderes Mädchen in buntem Gewand dem Gast Wein ein, und auch sie begann zu singen. Nur noch zwei der Schönen blieben übrig – die eine in einem lila und die andere in einem schneeweißen seidenen Gewand. Sie kicherten die ganze Zeit und ließen sich unauffällig gegenseitig den Vortritt, da sich keine als erste dem Tisch nähern wollte. Bo befahl dem einen Mädchen zu singen und dem anderen, Wein einzugießen. Da trat das Mädchen im lila Gewand mit einem Becher an den Tisch. Der Scholar tat so, als nehme er den Becher, packte sie aber übermütig bei der zarten Hand. Sie lachte, öffnete die Hand – der Becher mit dem Wein fiel zu Boden. Bo beschimpfte sie, doch sie neigte sich zu Wu und sagte:
»Wenn man eine Hand hat, dick wie die eines Teufels, dann geschehen solche Sachen.«
Bo lachte dröhnend und sagte ihr, sie solle zur Strafe allein singen und tanzen. Als sie ihren Tanz beendet hatte, reichte die andere im schneeweißen seidenen Gewand Wu einen Becher. Doch er lehnte ihn ab und sagte, daß er mit dem, der vor ihm stehe, noch nicht fertig sei. Das Mädchen, das den Becher in der Hand hielt, sah verlegen drein, so daß Wu sich zwang, weiter zu trinken. Dabei studierte er alle vier Mädchen aufmerksam und stellte fest, daß sie gewissermaßen zu schweben schienen, und daß keine von ihnen mit einer irdischen Frau zu vergleichen war.
»Für unsereins ist es schwer genug, auch nur ein einziges dieser so wunderschönen und für einen Menschen außerordentlichen Geschöpfe zu bekommen«, sagte Wu zu seinem Gastge-

ber, »und Sie haben einen ganzen Strauß davon für mich gesammelt. Könnten Sie mir vielleicht eine von ihnen leihen?«

Bo lachte:

»Hören Sie zu«, sagte er, »Sie haben ja ohnehin eine Schönheit im Kopf. Wie kann ein solches Mädchen Ihren derart erlesenen Geschmack befriedigen?«

»Ich habe erst jetzt gemerkt«, erwiderte Wu, »wie eng mein Gesichtskreis war!«

Nun rief Bo alle Mädchen zusammen und überließ ihm die Wahl. Wu konnte sich für keine entscheiden und hätte darüber beinahe den Verstand verloren. Da Wu das Mädchen im lila Gewand bei der Hand gepackt hatte, schloß Bo daraus, daß er sich für sie entschieden habe. Da befahl er, sofort das Bett zu richten, und dem Mädchen befahl er, den Gast zu bedienen. Und nun rollten sich die beiden wie ein Knäuel zusammen. Einmal erblickte man eine männliche Hüfte, dann ein weibliches haarbewachsenes Dreieck, oder ein zartes kleines Beinchen. Wu, der noch nie dergleichen erlebt hatte, genoß seine Liebesvereinigung mit dem Mondmädchen bis zur Neige. Schließlich erzitterte er, und seine Liebesglut war gestillt. Da bat er das Mädchen, ihm irgendetwas zur Erinnerung zu schenken. Sie nahm ein goldenes Armband vom Arm und gab es ihm.

Plötzlich erschien der Knabe und sagte:

»Die Wege der Unsterblichen und der Sterblichen sind verschieden. Sie müssen hier sofort verschwinden!«

Das Mädchen erhob sich rasch und lief fort. Wu fragte, wo sein Gastgeber sei.

»Er hat sich heute zum Palast zur Audienz beim Kaiser begeben. Bevor er ging, befahl er mir, seinen Gast hinauszubegleiten.«

Traurig folgte Wu dem Knaben, der ihn auf dem gleichen Weg zurückführte. Als sie zu den Himmlischen Toren kamen, blickte sich Wu um, doch der Knabe war bereits verschwunden. Der Tiger brüllte und sprang auf. Erschrocken lief Wu davon; plötzlich öffnete sich ein Abgrund vor ihm! Er wollte stehenbleiben, doch seine Beine liefen von allein weiter, und er fiel...

Voller Entsetzen wachte Wu auf. Er blickte hinaus. Die Mor-

gensonne stand bereits rot am Horizont. Er begann, sein Gewand zu richten, da fiel etwas aufs Bett. Er sah genauer hin und siehe, es war das Armband! Immer größer wurde sein Staunen über alles, was sich zugetragen hatte; all seine früheren Sehnsüchte zerfielen zu Asche. Er träumte nur noch davon, einen taoistischen Heiligen zu finden und sich mit ihm auf Wanderschaft zu begeben. Doch dabei quälte ihn der Gedanke an die Fortpflanzung seiner Familie immer weiter.
Zehn Monate vergingen. Eines Tages träumte er von der Fee im lila Gewand, die von irgendwoher erschienen war und ein Kind an der Brust trug.
»Das ist dein eigen Blut«, sagte sie. »Im Himmel tut man sich mit so etwas schwer, und da habe ich es mit aller Achtung dir gebracht.«
Mit diesen Worten legte sie das Kind auf das Bett, richtete das Gewand des Scholars und deckte ihn zu. Dann wollte sie weggehen, doch Wu ergriff sie bei der Hand und zog sie zu sich ins Bett. Wieder wälzten sie sich wie ein Knäuel und Wu fühlte sich, als er sie an sich preßte und sein Samen sich in sie ergoß, wieder so, als wäre er im Himmel.
»Als es das erste Mal geschah«, sagte ihm die Fee, »war es eine Art Hochzeit; diesmal aber ist es das Zeichen ewiger Trennung. Solltest du jedoch große Sehnsucht nach mir haben, sehen wir uns vielleicht wieder.«
Der Scholar erwachte, blickte aufs Bett und siehe – auf der Matratze lag ein Kind. Er erzählte alles seiner Mutter, und beide freuten sich sehr. Dem Kind wurde der Name Meng-hsiang gegeben, und das bedeutet *Fee im Traum*.
Doch bald verließ Wu Mutter und Sohn und ging in die Berge, um ein Asket zu werden. Meng-hsiang lernte aber schon als Kind eifrig und wurde bereits in jungen Jahren ein bekannter Gelehrter und berühmter Beamter. Mehrmals wollte er seine hohe Stellung aufgeben und sich auf die Suche nach seinem Vater begeben, doch die Großmutter hielt ihn davon ab:
»Dein Vater ist schon seit vielen Jahren fort. Sicherlich ist er bereits gestorben und lebt unter den Unsterblichen.«
Eines Tages reiste Meng-hsiang in die Hauptstadt und wurde auf der Straße von Räubern überfallen. Plötzlich erschien ein taoistischer Mönch mit dem Schwert in der Hand. Unter seinen Schlägen fielen die Räuber wie Gras unter einer Sichel.

Als alles vorbei war, überreichte der Mönch Meng-hsiang ein Armband und sagte zu ihm:
»Gib dies deiner Großmutter. Sie wird wissen, was es bedeutet.«
Nach Hause zurückgekehrt, tat Meng-hsiang wie ihm geheißen. Als seine Großmutter das Armband sah, brach sie in Tränen aus.
»Dieser taoistische Mönch war dein Vater«, sagte sie. »Er ist tot und befindet sich im Himmel unter den Unsterblichen.«
Ein Jahr verging. Eines Tages brach in der Stadt ein großes Feuer aus. Von frühmorgens bis spätabends bekämpften die Menschen den Brand, und nachts vermochte niemand ins Bett zu gehen. Alle versammelten sich in einem Hof und sahen zu, wie sich das Feuer immer mehr ausbreitete. Schon näherte es sich dem Hause von Meng-hsiang. Keiner in seinem Hause wußte, was er unternehmen sollte, und alle liefen in Angst und Entsetzen herum. Plötzlich knirschte das Armband auf seltsame Weise, verließ die Hand von Meng-hsiang und flog davon. Alle schauten ihm nach, als es größer und größer wurde und das Haus schließlich von allen Seiten bedeckte, so daß es wie ein mondförmiger Zaun aussah. Und als das Feuer sich dem Hause Meng-hsiangs näherte, sprang es darüber weg und ergriff die Häuser auf der anderen Seite. Meng-hsiang aber wußte nicht, daß er seine Rettung seiner Mutter, der Fee im lila Gewand, verdankte.

Die bemalte Wand

von Pu Sun-ling

Men Lun-tan aus der Provinz Tsiangtsi war einst mit dem Scholaren Chu unterwegs, um Peking zu besuchen. Eines Tages verirrten sie sich während eines Spaziergangs zufällig in einen buddhistischen Tempel. Die Gebäude mit ihren Anbauten, Mönchszellen und allem anderen waren nicht sonderlich groß. Ringsum war niemand zu sehen. Nur ein buddhistischer Mönch saß da und hatte sein Gewand neben sich an einen Ast gehängt. Als er die Besucher sah, ging er in seine Zelle, zog sich an wie es sich gehört und ging ihnen entgegen. Dann führte er sie durch den Tempel.

Im Hauptgebäude stand die tönerne Statue des heiligen Pao Chi in einer Ecke. Die beiden Wände dahinter waren mit wunderschönen Malereien bedeckt, und die Menschen darauf sahen so lebendig aus, als seien sie aus Fleisch und Blut. An der östlichen Wand war ein himmlisches Mädchen abgebildet, das Blumen streute. In ihrer Begleitung war ein anderes Mädchen mit einer Ponyfrisur, das Blumen in den Händen hielt und lächelte. Es sah aus, als würden sich ihre kirschroten Lippen gleich öffnen und sich die Wellen ihres Blicks in Strömen ergießen.

Chu stand lange vor dem Bildnis und konnte seine Blicke nicht losreißen. Er war völlig versunken, ihm wurde schwindlig, und er merkte nicht, wie seine Seele schwankte und der Verstand ihn verließ. Plötzlich wurde sein Körper federleicht, und er hob sich in die Luft wie auf einer Wolke. Im Handumdrehen war er auf der Wand. Und nun sah er gewaltige Tempel vor sich, die in langer Reihe hintereinander standen. »Das hier«, dachte er, »ist offensichtlich keine menschliche Welt mehr.«

Er schaute sich weiter um: Auf einem Sessel saß der alte Mönch und predigte die buddhistische Lehre. Um ihn herum standen seine Schüler in alten Gewändern, das eine Ende über die Schulter geworfen, und blickten ihn aufmerksam an. Es waren

sehr viele. Chu mischte sich unter sie und hörte dem Lehrer zu.
Nach einiger Zeit schien ihm, als zupfe ihn jemand am Ärmel, ganz sanft, damit die anderen es nicht merkten. Als er sich umsah, erkannte er das Mädchen mit der Ponyfrisur. Sie lachte und lief weg. Chu sprang auf und verfolgte ihre Spur. Er lief um die Windungen des Vorgartenzaunes herum und fand sich in einem kleinen Häuschen wieder. Hier blieb er unschlüssig stehen und wagte nicht, sich zu bewegen. Das Mädchen drehte sich um und winkte ihm mit der Blume in der Hand von weitem zu. Chu lief ihr nach und landete auf einmal in einem Zimmer. Dort war es ganz still und außer dem Mädchen war keine Menschenseele zu sehen. Da umarmte Chu sie und drückte sie an sich. Das Mädchen leistete nur sehr schwachen Widerstand, Chu fiel mit ihr aufs Bett, entblößte ihren Unterleib und vereinigte sich mit ihr in schamloser Liebe. Nun geriet auch das Mädchen in Rage: Sie drückte ihn an sich, zerkratzte ihm den Rücken, während sich ihr Unterleib senkte und hob wie eine Wippe.
Als alles vorbei war, verschloß sie die Tür hinter sich und befahl Chu, ganz ruhig zu sitzen und nicht einmal zu husten. Nachts kam sie wieder zu ihm, zog ihre Gewänder aus und stieg zu ihm ins Bett. Und wieder gab sie sich ihm ganz hin. Mannigfaltig waren ihre Spiele der Liebe, und das Mädchen wetteiferte mit ihm in immer neuen Umarmungen und Stellungen. Das geschah so zwei Tage hintereinander, bis die Freundinnen des Mädchens dahinter kamen und Chu fanden.
»Der kleine Bursche in deinem Bauch ist schon ziemlich gewachsen«, spotteten sie über das Mädchen, »und du fährst fort, dein Haar lose zu tragen und die Unschuld zu spielen.«
Umgehend brachten sie ihr Haarnadeln und Ohrringe und befahlen ihr, sich die Frisur einer Frau zu stecken. Beschämt schwieg das Mädchen.
Dann sagte eine der Freundinnen:
»Hört zu, Schwestern, wir dürfen uns hier nicht lange aufhalten, sonst bekommen wir Ärger.«
Und alle liefen weg.
Chu blickte auf seine Geliebte. An den Haarwolken, die sich hoch über ihren Kopf türmten, hingen die Nadeln wie Phönixe. Jetzt war sie noch schöner als mit der Ponyfrisur. Als er

sah, daß niemand mehr da war, näherte er sich ihr, umarmte sie und fiel mit ihr aufs Bett. Doch kaum hatte er seinen Speer in der warmen, moosbewachsenen Grotte untergebracht, als sich entschlossene Schritte von Lederstiefeln näherten, so daß die Luft erdröhnte. Betäubendes Kettengerassel, vielstimmiges Getöse, schrille Stimmen von irgendwoher ...

Erschrocken sprang das Mädchen auf, alle Geilheit vergessend und zog schnell ihr Gewand über. Gemeinsam mit Chu blickte sie durch einen Spalt in der Tür. Sie sahen einen Krieger in goldenem Harnisch und schwarzem, wie mit Firnis bedecktem Gesicht, einen Streitkolben und eine Kette in den Händen. Er war von Mädchen umgeben.

»Seid ihr alle hier?« fragte der Krieger.

»Ja, alle«, erwiderten die Mädchen.

»Wenn eine von euch einen Menschen aus der niederen Welt versteckt hat, soll sie ihn mir sofort ausliefern! Seid klug und beschwört kein Unglück auf euer Haupt!«

Alle antworteten wie mit einer Stimme, daß es einen solchen Menschen hier nicht gebe. Der Krieger wandte sich um und betrachtete sie mit ungläubigen Blicken, so als wolle er sich umgehend auf die Suche begeben.

Von fürchterlicher Angst erfaßt, das Gesicht grau wie kalte Asche, befahl das erregte Mädchen Chu, sich schnell unter dem Bett zu verstecken. Dann öffnete sie eine kleine Tür in der Wand und lief rasch hinaus.

Chu lag unter dem Bett und wagte nicht zu atmen. »Wo bin ich?« dachte er. »Und was ist das für ein Krieger? Hat mich mein Schicksal unversehens in die Unterwelt geführt?« Auf all diese Fragen fand er keine Antwort. Plötzlich waren die Lederstiefel im Zimmer. Doch dann verließen sie das Zimmer wieder und der Lärm und die Stimmen verloren sich in der Ferne. Chu wurde etwas wohler zumute. Doch hinter den Türen waren immer noch Menschen zu hören, die herumgingen und sich unterhielten, und Chu mußte noch lange so reglos verharren, ohne sich ausstrecken zu können. Aber auf einmal hatte er das Zirpen von Zykaden in den Ohren, und vor seinen Augen erschienen schwarze Pünktchen. Er wollte fortlaufen, wartete aber trotzdem immer noch auf die Rückkehr des Mädchens. Wie er allerdings hierher geraten war, daran konnte er sich nicht mehr erinnern.

Das war der Augenblick, in dem Men Lun-Tan, der immer noch im Tempel stand, Chus Verschwinden auffiel. Bestürzt fragte er den Mönch, ob er wisse, wo Chu geblieben sei.
»Er ging fort, um sich eine Predigt anzuhören«, erwiderte dieser lächelnd.
»Wohin?«
»Nicht weit von hier.«
Dabei klopfte der Mönch mit einem Finger an die Wand und rief:
»Hören Sie, mein lieber Chu, wo treiben Sie sich herum? Es sieht so aus, als wollten Sie überhaupt nicht wiederkommen!«
Daraufhin erschien plötzlich auf dem Bild an der Wand die Gestalt von Chu. Er schien angespannt zu lauschen, als versuche er, sich zurechtzufinden.
»Ihr Freund wartet schon lange auf Sie!« rief ihm der Mönch zu.
Bei diesen Worten flog Chu von der Wand herunter. Er stand da wie ein Götze, mit kaltem Herzen wie ausgebrannte Asche und mit regungslosen Augen. Seine Knie waren so weich, daß er sich kaum noch aufrechthalten konnte.
Men staunte nicht schlecht und fragte ihn vorsichtig aus. Er erfuhr, daß Chu, als er unter dem Bett gelegen hatte, so eine Art von Donnerschlägen über seinem Kopf gehört hatte. Daraufhin war er aus dem Schlafzimmer geflohen, um dem dumpfen Dröhnen nachzuspüren. Und plötzlich, ohne sein Zutun, hatte er sich wieder vor dem Bild befunden.
Nun sahen sich beide das Mädchen an, das auf dem Bild die Blumen hielt. Ihre Frisur war jetzt hochgesteckt, wie es einer Frau geziemt. Völlig verwirrt versuchten sie, den Mönch auszufragen. Der aber lachte nur verschmitzt und gab keine Antwort. Es blieb ihnen nichts anderes übrig, als ihres Weges zu gehen und sich über die Zauberkräfte, die diesem Mönch offensichtlich innewohnten, zu wundern.

Wie ein taoistischer Mönch seine Gäste bewirtete

von Pu Sun-ling

Der Scholar Han, bekannt für seine Gastfreundschaft, entstammte einer alten, berühmten Familie. Ein gewisser Hsui, der im gleichen Dorf lebte, leistete ihm oft Gesellschaft bei seinen Zechgelagen. Als er einst wieder bei Han weilte, erschien vor der Tür des Hauses ein fremder taoistischer Mönch mit einer Bettelschale. Man warf ihm Geld zu, dann ein Säckchen Reis, doch er nahm das alles nicht an, rührte sich aber auch nicht von der Stelle. Der Diener wurde ärgerlich, ging ins Haus zurück und beachtete ihn nicht weiter.
Der Scholar Han, der noch immer ein Klopfen von der Tür her hörte, fragte den Diener, worum es gehe, und dieser berichtete ihm über das Vorgefallene. Noch hatte er seinen Bericht nicht beendet, da erschien der taoistische Mönch schon im Zimmer. Han lud ihn ein, neben sich Platz zu nehmen. Nachdem der Mönch erst den Hausbesitzer, dann dessen Gäste begrüßt hatte, setzte er sich. Han fragte ihn aus und erfuhr, daß der Mönch sich gerade in einem verlassenen Tempel im östlichen Teil des Dorfes niedergelassen habe.
»Sagen Sie nur«, fragte Han, »wie haben Sie es fertiggebracht, sich in diesem Tempel so lautlos einzurichten? Ich habe nie etwas davon gehört. Verzeihen Sie mir, daß ich meine Pflichten als Gastgeber dem neuen Gast gegenüber so vernachlässigt habe.«
»Und tragen Sie auch mir nicht nach, daß ich, ein Mensch der Felder und Wälder, der weder Freunde noch Bekannte hat, es gewagt habe, Sie zu bitten, mich mit Wein zu bewirten ... Ich habe von Ihrem großzügigen Charakter und Ihrer allbekannten Gastfreundschaft gehört ...«
Han bot ihm einen Becher Wein an, und es stellte sich heraus, daß der Mönch jede Menge Wein vertragen konnte.
Hsui behandelte den Mönch angesichts seiner zerrissenen und schmutzigen Kutte von oben herab und wechselte kaum ein

Wort mit ihm. Auch Han behandelte ihn wie einen armen Händler. Der Mönch aber trank nacheinander an die zwanzig Becher Wein, und dann erst verabschiedete er sich.
Von diesem Tag an erschien der Mönch, sobald Han Gäste erwartete, als erster. Beim Mittagessen schlug er sich den Bauch voll, und bei jedem Zechgelage trank er Unmengen. Han begann seine Aufdringlichkeit auf die Nerven zu gehen. Als Hsiu einmal bei seinem Becher saß, wollte er den Mönch auf den Arm nehmen und sagte:
»Jetzt hören Sie, heiliger Mann, Sie sind hier jeden Tag Gast. Warum spielen Sie nicht einmal den Gastgeber?«
»Ein Mönch ist Euch in dieser Beziehung ganz ähnlich, Verehrtester«, erwiderte dieser lachend. »Jeder von uns hat eben einen unersättlichen Schlund. Ist es nicht so?«
Hsiu war beschämt und wußte nicht, was er darauf antworten sollte.
»Im übrigen«, fuhr der Mönch fort, »denke ich selbst schon lange daran. Nun werde ich mich anstrengen, Sie mit einem Becher Schnaps zu bewirten.«
Als das Gelage beendet war, erinnerte der Mönch sie nochmals daran:
»Ich hoffe, daß Sie mir morgen Mittag die Ehre erweisen, mich zu besuchen!«
Am nächsten Tag beschlossen Han und Hsiu, gemeinsam den Mönch zu besuchen, fest davon überzeugt, daß er nichts zustande bringen werde. Doch der Mönch erwartete sie bereits auf dem Weg zum Tempel. Als sie durch das Tor gingen, sahen sie, daß alle Höfe und Gebäude restauriert waren und daß sich ganze Häuserreihen wunderlich wie Wolken oder Lianen hinzogen. Beide Freunde staunten nicht schlecht bei diesem Anblick.
»Wir sind tatsächlich sehr lange nicht mehr hier gewesen«, sagten sie zu dem Mönch. »Doch wann haben Sie das alles gebaut?«
»Wir sind mit der Arbeit erst vor kurzem fertig geworden«, erwiderte er.
Nun betraten sie die Zelle des Mönches und sahen erstaunt, daß die Möbel von so erlesener Schönheit waren, wie man sie kaum bei einem reichen Mann finden konnte. Han und Hsiu verbeugten sich nun ernst und respektvoll vor dem Mönch.

Sie setzten sich an den Tisch, und sofort wurden Wein und Speisen aufgetragen. Bedient wurden sie von flinken Jünglingen, etwa sechzehn Jahre alt, die seidene Gewänder und rote Stiefelchen trugen. Wein und Speisen, die im Überfluß vorhanden waren, dufteten köstlich.
Als sie mit dem Mittagessen fertig waren, wurde die Nachspeise aufgetragen: Es waren teure Früchte, von denen die Gäste die meisten nicht einmal beim Namen kannten. Die Früchte lagen in Schalen aus Bergkristall. Man trank aus Bechern, die einen Umfang von fast einem halben Meter hatten.
»Ruft die Schwestern Shi zu uns!« sagte der Mönch.
Der Diener ging hinaus, und sofort erschienen zwei Schönheiten. Die eine war groß, schlank und zart wie eine Weide. Die andere war etwas kleiner von Wuchs und allem Anschein nach ganz jung. Beide aber waren unendlich anziehend und graziös.
Der Mönch befahl ihnen zu singen und die Gäste mit Wein zu bewirten. Und nun schlug das jüngere Mädchen die Kastagnetten und sang, und das andere begleitete sie auf der Flöte.
Als sie aufhörten, hob der Mönch seinen Becher und bestand darauf, daß die Gäste die ihren leerten. Dann befahl er den Dienern, sie wieder zu füllen.
»Ihr scheint schon lange nicht mehr getanzt zu haben«, wandte er sich nun an die Schönen. »Habt ihr es nicht verlernt?«
Sofort erschien ein Knabe, der auf dem Boden vor dem Tisch einen großen Teppich ausrollte. Die beiden Sängerinnen stellten sich einander gegenüber und begannen zu tanzen. Ihre langen Kleider flatterten, und überall stieg duftender Staub auf. Als sie ihren Tanz beendet hatten, lehnten sie sich lässig an die bemalten Wandschirme. Han und Hsiu wurde es ganz warm ums Herz, und ihre Seelen strebten empor. Ohne daß sie es bemerkt hatten, waren sie schon ordentlich betrunken. Der Mönch, der nun aufgehört hatte, die Becher zu füllen, schenkte seinen Gästen keine Aufmerksamkeit mehr. Schließlich erhob er sich und sagte:
»Bitte, bedient euch selbst. Ich lege mich jetzt etwas hin. Später komme ich zurück.«
Er entfernte sich vom Tisch, rückte eine Couch, die wunderschön mit Perlmutter verziert war, an eine Wand, und die

Mädchen richteten ihm sogleich ein Bett darauf. Dann halfen sie ihm, sich hinzulegen.
Der Mönch zog die Ältere an sich, entblößte ihre Brüste und spielte damit, während er der Jüngeren befahl, seine Füße zu streicheln.
Dieses Bild vor Augen, verloren die Freunde jede Selbstbeherrschung.
»Jetzt hör mal zu, du Mönch!« schrie ihn Hsiu an. »Derlei Geilheit ist hier nicht am Platz!«
Mit diesen Worten begab er sich zu dem Mönch, um ihn wachzurütteln, doch dieser sprang auf und lief weg. Hsiu näherte sich der Couch und sah, daß das ältere Mädchen sich immer noch bei dem Bett aufhielt. Betrunken, wie er war, packte er sie und schleppte sie zur Couch an der gegenüberliegenden Wand. Dort umarmte er sie, zog ihr das goldverzierte Kleid aus, warf sich auf sie und die beiden verflochten ihre Beine. Auf der Couch aber, die dem Mönch als Bett diente, schlief noch immer das andere Mädchen. Hsiu sah es und sagte zu Han:
»Was bist du doch für ein seltsamer Narr!«
Han warf sich rasch aufs Bett und wollte sich der Schönen bemächtigen, doch diese schlief ganz fest und reagierte nicht auf seine Umarmungen. Selbst als es ihm gelungen war, sie nackt auszuziehen, lag sie wie eine Puppe in seinen Händen. Er versuchte, ihr seinen gewaltigen Speer zwischen die Korallenlippen zu schieben, doch sie wackelte nur mit dem Kopf und ihr Mund war nicht zu öffnen. Han blieb nichts anderes übrig – er legte sich neben die Schöne und schlief ein.
Bald war die Nacht zu Ende, und die Sonne blickte neugierig in das Gemach. Han verspürte irgendeinen harten Gegenstand auf seiner Brust. Als er sich ihn näher ansah, mußte er feststellen, daß er einen länglichen Stein umarmt hatte, und daß er vor der Türschwelle lag. Da begab er sich auf die Suche nach Hsui. Der war noch nicht aufgewacht und Han bemerkte, daß er, den Kopf auf einem Stein voller Exkremente, süß in den Ruinen eines Aborts schlief. Er trat ihn mit dem Fuß, und Hsui erhob sich. Verwirrt schauten sie einander an. Sie befanden sich in einem mit Unkraut bewachsenen Hof, in dem ein kleines verfallenes Häuschen stand – sonst nichts.

Auf der Jagd nach der unsterblichen Tsin Je

anonym

Ho Huan, auch Ho Kuan-tsin genannt, lebte in Shansi. Sein Vater, ein Gebietsvorsteher, war früh gestorben und hatte einen minderjährigen Sohn hinterlassen, einen klugen und außerordentlich begabten Knaben. Mit elf Jahren schon zeigte er sein Genie, indem er die erste Staatsprüfung bestand, die man normalerweise erst mit achtzehn Jahren absolviert. Seine Mutter liebte ihn dermaßen, daß sie ihm aus Angst, ihn zu verlieren, sogar verbot, das Haus zu einem Spaziergang zu verlassen.

Im gleichen Dorf lebte ein gewisser Wu, ein Gerichtsdiener, der eines Tages eine Leidenschaft für den Taoismus entwikkelte, in die Berge ging und nie wieder zurückkam. Er hatte eine vierzehnjährige Tochter namens Tsin Je, die eine ausgesprochene Schönheit war. Von Kind auf las sie heimlich die Bücher ihres Vaters und beschloß, nie zu heiraten.

Einst sah unser Scholar sie vor den Toren seines Hauses. Obwohl es nur einen Augenblick gedauert hatte und er als Kind nicht viel von derlei Dingen verstand, ergriff ihn die Begierde mit aller Macht. Er konnte sie zwar nicht in Worte kleiden, verlangte jedoch von seiner Mutter unumwunden, für ihn um die Hand des Mädchens anzuhalten. Die Mutter wußte, daß Tsin Je nicht heiraten wollte und versuchte dem Sohn die ausweglose Lage klar zu machen. Der Scholar verfiel in dumpfe Verzweiflung und verging vor Sehnsucht. Die Mutter, die das nicht mitansehen konnte, bat einige Bekannte, der Frau Wu den Wunsch ihres Sohnes zu überbringen. Frau Wu lehnte das Angebot jedoch strikt ab. Wo nun aber der arme Scholar auch immer ging und stand, er schmiedete unentwegt Pläne, wie er das Mädchen doch noch gewinnen könne.

Eines Tages blieb ein taoistischer Mönch vor dem Tor seines Hauses stehen, in den Händen eine etwa einen halben Meter lange Hacke. Der Scholar bat den Mönch, ihn die Hacke näher

betrachten zu lassen. Dann fragte er, wozu ein solcher Gegenstand wohl gut sei.
»Sie dient zum Ausgraben von Heilpflanzen«, erwiderte der Mönch. »Sie ist zwar nicht groß, kann aber den härtesten Stein durchstoßen.«
Der Scholar schenkte ihm keinen Glauben, doch der Mönch begann mit der Hacke auf die Steine der Hausmauer einzuschlagen, und diese fielen ab als seien sie verfault. Der Scholar staunte nicht schlecht, nahm die Hacke, bewunderte sie und wollte sie nicht mehr aus der Hand geben.
»Wenn Euch, junger Herr, dieser Gegenstand so sehr gefällt, so erlaubt mir, ihn Euch als Geschenk zu überreichen.«
Der Scholar nahm die Hacke an sich und bot dem Mönch Geld dafür, das er aber nicht annahm. Er verschwand genauso plötzlich, wie er gekommen war. Nun probierte der Scholar die Hacke an Steinen und Ziegeln aus und stellte fest, daß sie alle für die Hacke nicht das geringste Hindernis waren. Da kam ihm der Gedanke, daß er, wenn er die Mauer des Hauses, in dem das schöne Mädchen wohnte, durchbrechen würde, Tsin Je sehen könnte ... Das Unrecht dieses Vorgehens kam ihm überhaupt nicht in den Sinn. Also kletterte er nachts über den Zaun und begab sich direkt zum Hause von Wu. Hier sah er, daß im kleinen Zimmer noch Licht brannte. Er preßte sein Gesicht ans Fenster und erblickte Tsin Je, die gerade ihr Nachtgewand auszog. Ihr pfirsichfarbener Leib schimmerte im Mondlicht und dem Scholar wurde ganz schwindlig zumute. Einige Minuten später erlosch die Kerze. Die Stille der Nacht störte kein Geräusch. Der Scholar schlug ein Loch in die Mauer und stieg ins Zimmer. Das Mädchen lag bereits in tiefem Schlummer. Er zog sich aus und schlüpfte zu ihr ins Bett. Erst lag er ganz still neben ihr, doch dann streckte er zögernd die Hand aus und berührte ihren jungfräulichen Busen. Das Mädchen gab keinen Ton von sich.
Der Scholar war zwar noch sehr jung und kannte sich in den Spielen von *Regen und Mond* nicht aus, doch die Natur, diese große Lehrmeisterin in allen Lebenslagen, bewog auch ihn, das Richtige zu tun. Er nahm seinen Speer in die Hand, schob die Schenkel von Tsin Je auseinander und schon lag er auf ihr, und der Mond schien auf zwei verschlungene Körper. Das Mädchen seufzte und stöhnte, preßte ihn an sich, machte die Augen

aber nicht auf, so daß er nicht wußte, ob sie schlief oder sich nur schlafend stellte. Endlich trank der Scholar den Liebesbecher bis zur Neige und schlief ein.
Tsin Je wurde durch sein Schnarchen geweckt. Als sie das Blut auf der Bettdecke, die unter sie gerutscht war, und das Loch in der Wand, durch das Licht einströmte, sah, erschrak sie fürchterlich. Rasch sprang sie auf und weckte die Dienerinnen. Diese liefen mit Licht und Stöcken herbei und sahen einen Scholar, noch mit der Frisur eines Kindes, auf dem verzierten Bett in tiefem Schlaf. Sie schauten ihn sich näher an und erkannten sogleich den Scholar Ho. Sie schubsten ihn solange, bis er schließlich aufwachte. Er erhob sich, und seine Augen erglühten wie die aufleuchtenden Sterne. Nein, er hatte keine Angst, er errötete nur und sagte kein Wort.
Alle traten dicht an ihn heran und schrien: »Dieb!«
Da sagte er, die Augen voller Tränen:
»Ich bin kein Dieb. Ihr sollt die Wahrheit hören: Ich wollte aus reiner Liebe dieses Mädchen und seine begnadete Schönheit berühren – und sei es nur ein einziges Mal.«
Die Versammelten wunderten sich, wie dieser Knabe die Mauer hatte durchbrechen können. Da zog er seine Hacke hervor und erzählte von ihren zauberhaften Eigenschaften. Sie probierten sie aus und riefen, das sei gewiß ein Geschenk der Götter.
Die Dienerinnen wollten das Vorgefallene der Herrin melden, aber das Mädchen hinderte sie daran. Als die Dienerinnen ahnten, was in ihr vorging, rieten sie ihr:
»Dieser Knabe genießt großen Ruhm, im ganzen Bezirk weiß man nichts Schlechtes über ihn zu berichten. Wir lassen ihn lieber laufen. Soll er weggehen und dann eine Heiratsvermittlerin schicken. Morgen früh sagen wir der Herrin, es sei ein fremder Dieb dagewesen.
Da das Mädchen schwieg, drängten die Dienerinnen den Scholaren, auf der Stelle zu verschwinden. Doch er war damit beschäftigt, seine Hacke zu suchen.
»Dummer Kerl!« lachten die Frauen. »Hast du dein verfluchtes Instrument immer noch nicht vergessen?«
Nach Hause zurückgekehrt, wagte Ho nicht, das Vorgefallene seiner Mutter zu erzählen, bat sie aber, nochmals eine Heiratsvermittlerin auszusenden. Die Mutter konnte ihm den

Wunsch nicht abschlagen und lud eine Heiratsvermittlerin ein, die ihm eine Gattin aus einer anderen Familie vermitteln sollte. Als Tsin Je das erfuhr, regte sie sich furchtbar auf. Sie schickte eine ihrer Dienerinnen zu der alten Ho und ließ ihr ausrichten, sie solle um Tsin Je anhalten.

Die Freude der alten Frau kannte keine Grenze, und sie schickte gleich eine Heiratsvermittlerin zur Mutter von Tsin Je. Doch da hatte eine junge Dienerin schon aus der Schule geplaudert und Frau Wu erzählt, was nachts vorgefallen war. Frau Wu, die nun vor Schande verging, konnte ihren Zorn nicht beherrschen. Als die Heiratsvermittlerin zu ihr kam, nahm sie einen Stock, zog auf der Erde einen Kreis, den zu überschreiten sie ihr verbot, und begann den Scholar und seine Mutter zu beschimpfen.

Die erschrockene Heiratsvermittlerin machte sich schleunigst aus dem Staub, ging zu Frau Ho und berichtete ihr alles. Nun war es an der Mutter des Scholaren, in Zorn zu geraten.

»Was mein unwürdiger Sohn angestellt hat, davon weiß ich überhaupt nichts. Doch warum hat diese alte Hexe die beiden, als sie ihre Beine kreuzten, nicht totgeschlagen? Dann wäre ihr und mir die Schande erspart geblieben.«

Es sah so aus, als würde aus dieser Hochzeit nichts werden.

Doch zur gleichen Zeit wurde ein Herr Tang aus Tsing zum Gebietsvorsteher ernannt. Er las die Aufsätze unseres Scholaren und fand sie sehr geistreich. Immer wieder lud er den Verfasser in seinen Palast ein, wobei er ihm große Hochachtung erwies. Eines Tages fragte er, ob Ho verheiratet sei. Als dieser verneinte, begann ihn der Gebietsvorsteher über alle Einzelheiten auszufragen. Doch Ho erzählte nur, er sei mit der Tochter des Richters Wu verlobt gewesen, die ganze Angelegenheit hätte sich aber wegen einiger Bagatellen zerschlagen.

»Und wie steht es jetzt?« fragte der Gebietsvorsteher hartnäkkig, »willst du sie immer noch haben?«

Der Scholar errötete nur und sagte kein Wort.

»Das werde ich schon zurechtbiegen«, sagte der Vorsteher und schickte einen Lehrer mit Hochzeitsgeschenken zu Frau Wu.

Ein Jahr darauf heirateten die beiden. Als die jungvermählte Frau das Haus von Ho betrat, warf sie die Hacke auf den Boden und sagte:

»Diesen räuberischen Gegenstand kannst du jetzt wegwerfen.«

»Vergiß aber nicht«, antwortete da lächelnd der Ehemann, »daß uns die Hacke zusammengebracht hat.«

Darum behandelte er sie auch weiterhin wie einen Schatz und trennte sich nie von ihr.

Die junge Frau erwies sich als liebenswürdig, freundlich und äußerst schweigsam. Dreimal täglich suchte sie ihre Schwiegermutter in deren Gemächern auf, um ihr ihre Ehrerbietung zu erweisen, dann schloß sie sich wieder in ihrem Zimmer ein und saß still da.

Zwei Jahre später gebar Tsin Je einen Sohn namens Min-hsian und übergab ihn einer Amme. Offensichtlich hatte sie keine allzu starke Beziehung zu ihm.

So vergingen weitere fünf Jahre. Eines Tages wandte Tsin Je sich mit folgenden Worten an ihren Mann:

»Nun sind es acht Jahre, daß wir in Freundschaft und Liebe verbunden sind. Unser Beisammensein war kurz und unsere Trennung wird lang sein.«

Außer sich vor Staunen versuchte der Scholar zu ergründen, was los sei. Doch sie zog ein festliches Gewand an und ging, um vor der Schwiegermutter ihren Kotau zu verrichten. Dann kehrte sie in ihr Gemach zurück. Ho eilte zu ihr; doch sie legte sich aufs Bett, das Gesicht nach oben, und starb.

In tiefster Trauer kauften Mutter und Sohn einen Sarg und begruben sie.

Von diesem Tag an begann die alte Ho zu kränkeln, und bald konnte sie ihr Bett nicht mehr verlassen. Sie aß nichts mehr, weil sie alle Speisen für schädlich hielt und träumte nur von einer Fischsuppe. Es war aber unmöglich, in der näheren Umgebung Fisch zu beschaffen. Erst hundert Li weiter gab es Fisch. Da der Scholar ein sehr gehorsamer Sohn war und seine Mutter aufrichtig liebte, steckte er sich Geld in seinen Gürtel und machte sich auf den Weg.

Seinen Rückweg nahm er über die Berge. Die Sonne ging unter, und es wurde dunkel. Er stolperte bereits vor Müdigkeit und konnte bald keinen Schritt mehr tun. Da holte ihn ein alter Mann ein.

»Du hast wohl Blasen an den Füßen?« fragte er den Scholar.

»Viele«, antwortete dieser.

Der alte Mann trug ihn zum Straßenrand, und die beiden setzten sich hin. Der alte Mann schlug an einem Stein Feuer, drehte aus einem Papier ein Röhrchen, gab Heilpuder hinein, beräucherte damit beide Beine des Scholaren und befahl ihm, aufzustehen. Der Scholar tat es und stellte fest, daß nicht nur seine Schmerzen verschwunden waren, sondern er sich sogar stärker und gesünder als früher fühlte. Darauf bedankte er sich aufrichtig und herzlich bei dem alten Mann.
Der alte Mann fragte ihn, warum er es denn so eilig habe. Der Scholar berichtete ihm von seiner kranken Mutter und erzählte ihm die ganze traurige Geschichte.
»Warum heiratest du denn nicht wieder?« fragte der alte Mann.
»Ich kann einfach keine Frau finden, die besser ist als meine Frau«, erwiderte der Scholar.
Der alte Mann zeigte auf ein Bergdorf und sagte:
»Dort lebt ein wunderschönes Mädchen. Wenn du mir folgst, werde ich dein Heiratsvermittler sein.«
Der Scholar lehnte das Angebot mit der Begründung ab, seine kranke Mutter warte auf ihn und er müsse sich beeilen. Da legte der alte Mann die Hände zu einem Abschiedsgruß zusammen und lud den Scholar ein, das Dorf ein anderes Mal zu besuchen. Er solle nur nach dem alten Wang fragen. Dann verabschiedete er sich und ging seines Weges.
Der Scholar kam nach Hause und kochte eine Fischsuppe für seine Mutter. Danach fühlte sie sich gleich besser und hatte nach einigen Tagen ihre Gesundheit wieder. Nun befahl der Scholar seinem Diener, das Pferd zu satteln und sich mit ihm auf die Suche nach dem alten Mann zu begeben. Sie kamen an die gleiche Stelle, wo er ihn getroffen hatte. Aber das Dorf war nirgends zu sehen. Während sie suchend hin und her liefen, wurde es Abend und die Sonne tauchte hinter den Bergspitzen unter. Die Schluchten lagen wie ein verworrenes Labyrinth vor ihnen und die Sicht verringerte sich immer mehr. Der Scholar beschloß, zusammen mit seinem Diener den Berg zu besteigen, jeder aus einer anderen Richtung. Vom Gipfel aus hofften sie dann das Dorf zu finden. Die Bergpfade waren aber mal breit und dann wieder ganz schmal, so daß sie nicht reiten konnten. Also kletterte jeder für sich zu Fuß hinauf.
Bald wurde die Finsternis durch Nebel so verstärkt, daß

überhaupt nichts mehr zu sehen war. Da beschloß der Scholar, zurückzukehren, verfehlte aber den Weg und stürzte eine steile Böschung hinab. Zu seinem Glück lag ein paar Meter unter ihm ein mit Gras bewachsener Abhang, auf den er unversehrt fiel.
Da lag er, und die Zeit verging wie im Fluge. Als er sich endlich von seinem Sturz etwas erholt hatte, sah er neben seinen Füßen den Eingang zu einer Höhle. Er schob seinen Kopf nach vorn und kroch wie ein Wurm in die Höhle hinein. Er hoffte, hier bis zur Morgendämmerung ausharren und dann um Hilfe rufen zu können.
Plötzlich tauchte in der Tiefe der Höhle ein Lichtstrahl auf wie ein Stern. Der Scholar ging darauf zu, und als er etwa zwei Li gegangen war, sah er Häuser vor sich. Es gab weder Kerzen noch Fackeln, aber das Licht strahlte wie auf einem Bild. Da trat eine schöne Frau aus einem Haus. Der Scholar schaute sie an – und siehe, es war Tsin Je.
Als Tsin Je ihren Mann sah, staunte sie nicht wenig, aber ihr Erstaunen ging bald in Schrecken über.
»Wie bist du hierher geraten?« rief sie.
Der Scholar schwieg, ergriff ihre beiden Hände und schluchzte laut. Sie tröstete ihren Mann und fragte nach ihrer Schwiegermutter und ihrem Sohn. Der Scholar erzählte, wie bitter ihrer aller Leben geworden sei und fragte sie:
»Sage mir, meine Liebe, nun ist bereits ein Jahr seit dem Tag vergangen, an dem du gestorben bist ... Bin ich denn in der Unterwelt?«
»Nein«, antwortete seine Frau. »Dies ist die Behausung der Unsterblichen. Ich bin vor einem Jahr nicht wirklich gestorben. Was ihr begraben habt, das war ein Bambusstock. Da du aber nun einmal hier bist, kannst du mein Schicksal teilen. Ich bin eine unsterbliche Fee.«
Mit diesen Worten führte sie ihn ins Haus, damit er vor ihrem Vater seinen Kotau verrichten konnte. In der riesigen Halle saß ein würdiger Mann mit langem Bart. Der Scholar verbeugte sich vor ihm bis zum Boden.
»Dies ist Ho, mein Mann«, sagte die Frau.
»Wie gut, daß du zu uns gekommen bist, Schwiegersohn!« ließ sich der Mann vernehmen. »Es ist wohl dein Schicksal, bei uns zu bleiben.«

Der Scholar erklärte, das sei nicht möglich, weil seine kranke Mutter auf ihn warte.
»Das ist mir bekannt«, erwiderte der würdige Mann. »Doch was soll schon geschehen, wenn du drei oder vier Tage hier bleibst?«
Er bewirtete ihn mit allerlei Leckereien und mit Wein. Dann befahl er einer Dienerin, in der Westhalle ein Bett aufzustellen und eine Brokatdecke darüber zu legen.
Als der Scholar sich vom Tisch erhoben hatte, packte er sofort seine Frau und schleifte sie zu diesem Bett. Tsin Je jedoch wehrte sich und sagte:
»Ist dies der Platz für derart schamlose Handlungen?«
Er aber riß ihr das Gewand vom Leib und ihre perlenschimmernden Brüste und das flaumige Dreieck zwischen ihren Schenkeln kamen zum Vorschein. Sie leistete mit aller Kraft Widerstand, doch er warf sie aufs Bett, bestieg sie und versuchte, sie zu zwingen, auf seiner Flöte zu spielen. Sie lag ganz nackt da, wand sich hin und her, doch ihre moosbewachsene Grotte sah dadurch nur noch anziehender aus. Da jedoch kam ihr Vater in die Halle, sah den Scholaren mit seiner nackten Frau kämpfen und schrie:
»Dieb! Halunke! Du hast unsere Höhle, unser heiliges Kloster besudelt! Hinaus mit dir!«
Der Scholar, der immer noch die warme und weiche Haut von Tsin Je spürte, wurde zornig.
»Die Begierde des Mannes nach seiner Frau ist etwas völlig Normales. Unanständig wird sie nur, wenn ältere Leute zuschauen wollen. Ich kann ohne weiteres weggehen. Befehlen Sie aber Ihrer Tochter, sich fertigzumachen und mitzukommen.«
Da der alte Mann darauf nichts zu antworten wußte, befahl er seiner Tochter, die Höhle mit ihrem Mann zusammen zu verlassen. Er begleitete sie zur Hintertür. Doch kaum hatte der Scholar die Schwelle überschritten, da warf er die Tür zu, so daß er und seine Tochter im Haus zurückblieben.
Der Scholar sah sich um. Vor ihm war ein steiler Berg ohne eine einzige Spalte und ohne den geringsten Lichtschimmer, nur sein eigener Schatten sprang umher. Er blickte zum Himmel auf – dort blinzelte eine kaum sichtbare Mondsichel, die Sterne aber verblaßten bereits. Lange Zeit stand er traurig in Gedan-

ken versunken. Würde er nie mehr die festen Pobacken von Tsin Je in seinen Händen spüren, würde ihre Brust verwelken, ohne daß er seine Freude an ihr gehabt hatte? Diese Vorstellungen spornten ihn an. Er wandte sein Gesicht dem Berg zu und fing an zu rufen. Doch so laut er auch schrie, er erhielt keine Antwort.
Da löste er, das Bild seiner Frau auf einem Lustbett vor Augen, in zorniger Besessenheit die Hacke von seinem Gürtel und schlug auf das Gestein ein. Er schimpfte und hackte, hackte und schimpfte und schlug in kurzer Zeit einen Tunnel in den Berg. Plötzlich hörte er in der Tiefe des Berges eine Stimme.
»Der Mann ist eine Strafe für meine Sünden!«
Der Scholar verdoppelte seine Anstrengungen. Da ging auf einmal eine Tür auf, irgend jemand schob Tsin Je hinaus und sagte: »Geh schon, geh!«
Dann schloß sich die Wand erneut und war wie zuvor dicht verwachsen.
»Wenn du mich liebst und willst, daß ich wieder deine Frau bin, warum benimmst du dich so unanständig deinem Schwiegervater gegenüber? Und woher kam der Mönch, der dir dieses verfluchte Instrument gegeben hat? Es wird mich noch zu Tode quälen.«
Da der Scholar seine Frau nun wieder zurückgeholt hatte, beruhigte er sich, achtete nicht auf ihre Worte und dachte nur noch daran, wie schwer und gefährlich der Weg sei. Wie sollten sie nun nach Hause kommen? Da riß Tsin Je zwei Äste ab. Kaum schoben sie sich jeder einen Ast zwischen die Beine, da verwandelten sich die Äste in Pferde, die nur so dahinjagten. Im Handumdrehen waren beide zu Hause.
Dort stellte sich heraus, daß seit dem Verschwinden des Scholaren sieben Tage vergangen waren.
Als die alte Ho hörte, daß ihr Sohn zurückgekommen sei, lief sie ihm freudig entgegen. Doch als sie Tsin Je erblickte, starb sie beinahe vor Schrecken. Der Sohn erzählte ihr nun alles, was vorgefallen war und schickte sie in ihre Gemächer.
Danach zog er den Bambusvorhang im ehelichen Gemach herunter, schloß alle Türen und Fenster, stieg mit seiner Frau ins Bett und vergnügte sich mit ihr auf vielerlei Weise drei volle Tage lang, bis seine Manneskraft erschöpft war und er sich für ein ganzes Jahr der Enthaltsamkeit entschädigt hatte.

Ah-hsiu und ihre Doppelgängerin

anonym

Als er fünfzehn Jahre alt war, kam Liu Tse-hu nach Hwai, um seinen Onkel zu besuchen. In einem Laden, wo man die unterschiedlichsten Waren feilbot, sah er ein wunderschönes Mädchen. Er entbrannte in heftiger Begierde und betrat den Laden unter dem Vorwand, einen Fächer zu kaufen. Das Mädchen rief jedoch nach seinem Vater, und also mußte Liu seine Absichten, mit ihr anzubändeln, aufgeben. Er feilschte noch etwas und verließ dann den Laden. Kurze Zeit später sah er, wie auch der Vater den Laden verließ und stürzte erneut hinein. Das Mädchen wollte seinem Vater folgen, doch Liu sagte:

»Wir brauchen ihn nicht. Nennen Sie mir nur den Preis für den Fächer, und ich zahle ihn.«

Das Mädchen tat wie geheißen und setzte absichtlich einen sehr hohen Preis. Liu zählte die Münzen ab und verließ unverzüglich den Laden.

Am nächsten Tag begab er sich erneut zu dem Mädchen. Zunächst lief alles wie am Vortag ab. Kaum aber tat er ein paar Schritte, um mit der erworbenen Ware den Laden zu verlassen, als das Mädchen rief:

»Kommen Sie zurück! Ich habe Ihnen mehr Geld abgenommen als die Ware in Wirklichkeit wert ist.«

Mit diesen Worten gab sie ihm die Hälfte seines Geldes zurück. Ihre Aufrichtigkeit rührte Liu, und fortan suchte er immer, wenn er Zeit hatte, den Laden auf. Natürlich lernten sie sich so bald näher kennen.

Eines Tages fragte das Mädchen:

»Wo wohnen Sie?«

Liu sagte es ihr und fragte sie nach ihrem Namen. Sie erwiderte, sie heiße Yao. Ehe er ging, wickelte das Mädchen sorgfältig alle seine Einkäufe in ein Papier und beleckte es mit der Zunge, damit es zusammenklebte. Ganz vorsichtig trug Liu seinen

Einkauf nach Hause, voller Angst, die Spuren, die ihre Zunge hinterlassen hatte, zu verwischen. In den nächsten Tagen schloß er sich ein, legte die Taschentücher, Pomaden, Puder und dergleichen, kurz alles, was er im Laden gekauft hatte, auf den Tisch, und betrachtete es stundenlang. Das wiederholte er tagtäglich. Eines Tages schaute sein Diener durchs Schlüsselloch und berichtete, was er gesehen hatte, dem Onkel, der nun darauf bestand, daß Liu sofort nach Hause fahren solle.

Im nächsten Jahr aber kam Liu wieder nach Hwai. Und kaum hatte er sein Bündel abgelegt, als er auch schon zu dem Mädchen eilte. Aber der Laden war geschlossen. Von den Nachbarn erfuhr er, daß Yao nach Huannin, wo er zu Hause war, zurückgekehrt sei, weil der Laden nicht genug Einkünfte gebracht hatte. Keiner konnte ihm jedoch sagen, ob er jemals wiederkommen werde.

Nach einigen Tagen fuhr Liu traurigen Herzens in seine Heimatstadt zurück.

Dort hatte man schon eine Braut für ihn ausgesucht. Er aber widerstand allem, was seine Mutter mit ihm vorhatte. Die Mutter, die den Grund dafür nicht kannte, ärgerte sich gewaltig. Der Diener jedoch berichtete ihr, was vorgefallen war, woraufhin die Mutter Liu verbot, das Haus zu verlassen. Liu aber versank in Trauer, denn der Weg nach Hwai schien ihm nun endgültig versperrt. Er aß kaum noch und gab seine Studien auf. Da sah die Mutter ein, daß es besser wäre, ihm seinen Wunsch zu erfüllen. Sie packte seine Sachen, schickte ihn nach Hwai und ließ dem Onkel ausrichten, er solle einen Heiratsvermittler zu dem Mädchen schicken.

Der Onkel übernahm die Aufgabe und begab sich selbst zu Yao. Nach kurzer Zeit jedoch kehrte er wieder zurück und sagte zu Liu: »Aus dieser Angelegenheit wird nichts! Ah-hsiu ist bereits mit einem Mann aus Huannin verlobt.«

Liu mußte alle seine Sehnsüchte begraben, seine Seele wurde zu Asche und seine Hoffnungen schwanden. Nach Hause zurückgekehrt, nahm er die Schatulle mit seinen Einkäufen in die Hand und brach in Schluchzen aus. Er hatte nur einen Gedanken: Wo im ganzen Blumenreich [China] konnte es noch eine solche Schönheit wie Ah-hsiu geben?

Zur gleichen Zeit erschien eine Heiratsvermittlerin im Hause und pries die Schönheit der Tochter eines gewissen Huan aus Fuchow. Liu glaubte ihr nicht so recht, befahl aber, die Kutsche anzuspannen und fuhr nach Fuchow. Als er die Westtore hinter sich gelassen hatte, sah er westlich von ihnen ein Haus. Die Tür dieses Hauses war offen und davor stand – Ah-hsiu. Liu sah genauer hin – es war kein Zweifel möglich. Er wanderte lange Zeit unruhig hin und her und betrat dann das Haus – ja, es konnte keinen Zweifel geben, es war Ah-hsiu. Liu, aufgeregt und verwirrt wie er war, begriff überhaupt nichts mehr und beschloß, ein Nachbarhaus auf der östlichen Seite zu mieten. Von den Nachbarn erfuhr er, daß im fraglichen Haus die Familie Li lebe. Nun wußte Liu wirklich nicht, was das alles zu bedeuten hatte. »Wo im ganzen Reich ist eine solche Ähnlichkeit möglich?« dachte er.

Er lebte nun schon einige Tage an diesem Ort, ohne daß er jemanden gefunden hätte, der ihm Zugang zum Hause von Li verschaffen konnte. So beobachtete er das Nachbarhaus tagein-tagaus in der steten Hoffnung, das Mädchen wieder zu sehen.

Eines Tages – es war gegen Abend – trat sie tatsächlich aus dem Haus und erblickte Liu. Sofort wandte sie sich um und schloß die Tür hinter sich, hatte ihn aber zuvor auf eine Stelle hinter sich hingewiesen und überdies mit ihrer Handflächenkante die Stirn berührt.

Liu war außer sich vor Freude. Er war nur irritiert, weil er die ganze Sache überhaupt nicht begriff. Er ging um das Haus herum und sah vor sich einen großen, verlassenen Garten, an dessen westlicher Seite sich eine Mauer befand, die ihm kaum bis zu den Schultern reichte. Da erhellte sich sein Gesicht, er verstand alles und versteckte sich im hohen Gras.

Er hatte so schon eine Weile dagelegen, als plötzlich jemand den Kopf über die Mauer steckte und flüsterte: »Bist du gekommen?«

»Ja«, sagte Liu, sprang auf und erkannte Ah-hsiu.

»Hunderte meiner Pläne sind schiefgegangen«, schluchzte nun Liu, »ich war fest überzeugt, daß mein Leben vorbei sei, und auf einmal... Doch wie bist du hierher geraten?«

»Li ist mein Onkel mütterlicherseits«, erwiderte sie.

Liu bat sie um die Erlaubnis, über die Mauer klettern zu dürfen.

»Geh lieber erst nach Hause,« sagte sie ihm darauf, »und schicke deinen Diener weg – er soll woanders schlafen gehen. Ich komme zu dir.«
Liu tat, worum sie ihn gebeten hatte, setzte sich hin und wartete. Es dauerte nicht lange, da kam das Mädchen leise in sein Zimmer. Sie hatte noch das gleiche Gewand und die gleiche Hose wie zuvor an und sich mit ihrem Gesicht keine allzu große Mühe gegeben. Liu ließ sie Platz nehmen und erzählte ihr von seiner Verzweiflung und seiner Suche nach ihr.
»Ich habe gehört«, fügte er hinzu, »daß du verlobt bist. Warum habt ihr denn noch nicht Hochzeit gefeiert?«
»Das ist alles Unsinn«, erwiderte sie. »Dein Onkel hat dir absichtlich die Unwahrheit gesagt, um deine Hoffnungen zu zerstören.«
Dann legten sie sich aufs Bett, und das Mädchen betörte Liu mit ihren Liebeskünsten so sehr, daß er sich im Himmel wähnte. Als es zur vierten Wache schlug, erhob sie sich, zog sich an, kletterte über die Mauer und verschwand.
Von diesem Tag an kam das Mädchen jeden Abend zu Liu und blieb bei ihm bis in die späte Nacht. Sie unterhielten sich kaum noch, schlüpften sofort ins Bett und ergaben sich den Wonnen der Lust. Das ging so lange gut, bis eines Nachts Lius Diener durchs Schlüsselloch guckte. Er erschrak fürchterlich, sagte jedoch nichts zu seinem Herrn, sondern zog bei den Nachbarn Erkundigungen über das Nachbarhaus ein. Erst dann fragte er Liu: »Was ist das für eine Frau, die Sie nachts aufsucht?«
Doch Liu wollte ihm keine Auskunft geben.
»Ich frage nur deshalb«, sagte der Diener, »weil in diesem Haus kein Mensch mehr wohnt. Böse Geister haben sich dort niedergelassen. Aus welchem Grund sollte Yao sich dort aufhalten?«
Da errötete Liu und sagte:
»Unser Nachbar auf der westlichen Seite ist ihr Onkel mütterlicherseits – was also sollen diese Verdächtigungen?«
»Ich habe mich überall umgehört und habe alle ausgefragt: In diesem Haus leben keine Menschen, also muß das Mädchen, mit dem Sie sich treffen, ein teuflisches Wesen sein. Wie wäre es sonst auch möglich, daß sie, obwohl seither doch einige Jahre vergangen sind, immer noch das gleiche Gewand trägt? Über-

dies ist ihr Gesicht viel zu weiß, ihre Wangen sind eingefallen und sie hat keine Grübchen wie Ah-hsiu: Die ist viel schöner.«
Liu dachte angestrengt nach und sagte dann erschüttert:
»Aber was soll ich denn jetzt tun?«
Der Diener meinte, Liu solle auf sie warten als wäre nichts geschehen, dann aber, wenn sie erscheine, irgend etwas Scharfes zur Hand nehmen und auf sie einstechen.
Als das Mädchen abends erschien, erklärte sie geradeheraus:
»Ich weiß, daß du mich im Verdacht hast, ein Geist zu sein. Ich muß dir aber sagen, daß ich keinerlei Ziele verfolge außer dem, unser beider Schicksal zu vollenden...«
Kaum hatte sie diese Worte gesprochen, als der Diener die Tür aufriß und ins Zimmer stürzte. Das Mädchen schrie:
»Laß das Messer fallen und bringe schnell Wein: Ich werde mich von deinem Herrn verabschieden.«
Und das Messer fiel von allein, als hätte es ein Unsichtbarer dem Diener aus der Hand gewunden.
Liu schlotterte vor Angst, er bezwang sich jedoch und bat um Wein und Speisen.
»Ich kannte deine Herzensangelegenheiten«, plauderte das Mädchen munter, »und wollte dich, soweit es in meinen schwachen Kräften stand, befriedigen. Also gut, ich bin nicht Ah-hsiu, aber...«
Und plötzlich zog sie sich nackt aus:
»Aber ich bin keineswegs weniger schön als sie – oder?«
Jedes Haar auf Lius Körper sträubte sich und er war nicht imstande, auch nur ein einziges Wort herauszubringen.
Als die dritte Wache geschlagen wurde, hob das Mädchen einen Becher, leerte ihn und stand auf.
»Fürs erste gehe ich«, sagte sie. »Doch wenn Ihr verheiratet seid, komme ich wieder, dann können wir vergleichen, wer schöner ist – sie oder ich.«
Sie wandte sich um und verschwand.
Liu, der den Worten der Füchsin Vertrauen schenkte, fuhr sofort nach Hwai; da er aber auf seinen Onkel, der ihn belogen hatte, böse war, mietete er sich ein Haus in der Nähe von Yao. Dann bat er eine Heiratsvermittlerin zu sich und gab ihr eine große Summe Geldes, damit sie unbedingt die Heirat zustande bringe. Doch die Frau des alten Yao sagte zu ihr:

»Mein Schwager sucht in Huannin für meine Tochter einen Bräutigam, und mein ehrenwerter Herr Gemahl ist in der gleichen Angelegenheit dorthin gefahren. Ob sie irgend etwas zustande bringen, kann ich nicht sagen. Wir müssen aber ihre Rückkehr abwarten und dann von neuem überlegen und vergleichen.«
Als sie diese Worte an Liu weitergab, wollte er schier verzweifeln und wußte nicht, was er nun anfangen solle. Da tauchten Gerüchte über einen Krieg auf, und er mußte notgedrungen seine Sachen packen und zurückkehren. Unterwegs geriet er in eine Kolonne von Flüchtlingen, in der er auch ein Mädchen mit zerzaustem Haar und schmutzigem Gesicht erspähte, das mit Mühe seinen Weg zu Fuß fortsetzte. Liu ritt an ihr vorbei, doch sie rief ihm zu: »Sind Sie Herr Liu oder nicht?«
Liu zügelte sein Pferd, sah sie sich genau an und erkannte Ah-hsiu.
Er erschrak, denn er dachte, er sei wieder der Füchsin begegnet, und so fragte er sie: »Bist du die echte Ah-hsiu?«
»Wie soll ich diese Worte verstehen?« fragte das Mädchen.
Liu berichtete ihr von seinem Abenteuer.
»Ja, ich bin die richtige Ah-hsiu«, behauptete das Mädchen. »Mein Vater ist mit mir nach Huannin zurückgekehrt, doch dort gerieten wir in einen Tumult. Man gab mir zwar ein Pferd, doch ich fiel immer wieder herunter. Plötzlich erschien ein Mädchen vor mir, packte mich bei der Hand und lief mit mir fort. Wir bahnten uns einen Weg durch die Truppe, und niemand schenkte uns die geringste Aufmerksamkeit. So sind wir ziemlich lange gelaufen. Als die Schreie und das Gewieher der Pferde immer schwächer wurden, ließ das Mädchen meine Hand los und sagte: »Lebe wohl! Vor dir liegt eine ruhige Straße. Lauf weiter, denn der dich liebt, nähert sich schon, und du sollst zu ihm zurückkehren.«
Liu begriff, daß es die Füchsin gewesen war, die ihr geholfen hatte. Er war gerührt und erzählte Yao die ganze Geschichte, die ihn in Hwai festgehalten hatte. Darauf berichtete das Mädchen, daß der Onkel ihr einen Bräutigam aus der Familie Han ausgesucht habe. Zu einer Hochzeit sei es aber des Krieges wegen nicht gekommen. Nun wußte Liu, daß ihn sein Onkel nicht belogen hatte. Er hob das Mädchen neben sich auf das Pferd, und sie ritten beide nach Hause.

Dort erfuhr Liu, daß seine Mutter bei bester Gesundheit sei, worüber er sich freute. Er band sein Pferd an, begab sich ins Zimmer seiner Mutter und erzählte ihr, wer das Mädchen sei. Die Mutter hieß sie herzlich willkommen, gab ihr Gelegenheit, sich zu waschen und ihr Gewand zu ordnen. Bald erstrahlte ihre Schönheit in all ihrem Glanz, so daß die Mutter ganz hingerissen war.

»Kein Wunder«, sagte sie, »daß mein Sohn dich selbst im Schlaf nicht vergessen konnte.«

Dann richtete die Mutter das Bett und ließ das Mädchen neben sich schlafen. Am nächsten Tag schickte sie einen Boten nach Hwai mit einem Brief an Yao. Kurz darauf erschien Yao mit seiner Frau, man suchte einen glückverheißenden Tag aus, verheiratete die beiden, und die Gäste fuhren nach Hause zurück.

Liu bewahrte immer noch die Schatulle, in der ungeöffnet die alten Päckchen, die er bei Yao gekauft hatte, lagen, unter anderem auch die Puderdose. Er machte sie auf, und der Puder verwandelte sich in rote Erde. Liu war erstaunt, das Mädchen aber bedeckte ihren Mund mit der Hand, um nicht zu laut lachen zu müssen und sagte zu ihm:

»Jetzt kommen endlich die Streiche ans Tageslicht, die ich dir vor Jahren gespielt habe! Damals sah ich, daß es dir völlig gleich war, was ich verpackte, und da habe ich dich eben auf den Arm genommen!«

Sie lachte immer noch, als jemand den Vorhang hob und eintrat.

»Ein so fröhliches Leben führt ihr also«, hörten sie eine Stimme. »Dann bedankt Euch bei der, die es Euch ermöglicht hat!«

Liu schaute auf – eine zweite Ah-hsiu. Er rief seine Mutter und alle, die zum Haushalt gehörten, herbei, doch keiner konnte die beiden Mädchen auseinanderhalten. Liu bedankte sich ehrerbietig bei ihr, und kaum hatte er seine Rede beendet, da war sie auch schon verschwunden, als habe sie sich in Luft aufgelöst. Das dankbare Ehepaar stellte im Wohnzimmer ein Stäbchen mit ihrem Namen auf und brachte ihr jeden Tag Opfer dar.

Eines Tages kehrte Liu betrunken nach Hause zurück. In den Zimmern war es dunkel und keine Menschenseele zu finden.

Doch kaum hatte er die Lampe angezündet, da erschien auch schon Ah-hsiu. Liu packte sie bei der Hand und fragte, wo sie gewesen sei.
»Nun höre mal«, lachte sie. »Du stinkst ja so nach Wein, daß man es kaum aushalten kann, und mich fragst du, wo *ich* gewesen sei ...«
Liu lachte und packte ihren Po mit beiden Händen.
»Was glaubst du, mein Lieber«, fragte sie, »wer von uns beiden besser ist – ich oder Schwesterchen Füchsin?«
»Selbstverständlich bist du viel besser«, erwiderte Liu. »Doch wer nur nach dem Aussehen urteilt, wird euch nie auseinanderhalten können.«
Mit diesen Worten schloß er die Tür und wollte mit ihr ins Bett schlüpfen. Doch kaum berührte er ihre Brüste, als jemand an die Tore klopfte. Die Frau sprang auf und sagte lachend:
»Du bist auch nur ein Mensch, der lediglich nach dem Aussehen urteilt.«
Liu lief zu den Toren, öffnete sie und herein kam – Ah-hsiu. Und verstört begriff Liu, daß die Frau, mit der er sich gerade in Liebe hatte vereinigen wollen, die Füchsin war.
Im dunklen Zimmer erscholl immer noch ihr Lachen.
Schließlich aber löste sich die Füchsin in Luft auf. Mann und Frau verrichteten ein Gebet und baten die Füchsin, sich zu zeigen.
»Ich will Ah-hsiu nicht sehen«, sagte die Füchsin.
»Und warum kannst du dich nicht in irgend jemand anderen verwandeln?«
»Das kann ich nicht.«
»Warum nicht?«
»Sehen Sie, Ah-hsiu ist meine jüngere Schwester, die in ihrem vorigen Leben leider zu früh starb. Als sie noch am Leben war, ging sie oft mit mir und unserer Mutter in den himmlischen Palast [Tempel] und betete dort zur Göttin Siwanmu. Wir liebten die Göttin sehr und versuchten, ihr nachzueifern. Meine Schwester hatte größere Fähigkeiten als ich und wurde in ihrem Lebenswandel der Göttin immer ähnlicher. Ich mußte mich drei Jahre darum bemühen und konnte doch mein Schwesterchen nicht einholen. So verging ein ganzes Jahrhundert. Ich glaubte, sie überholt zu haben, doch alles blieb beim alten. Ich bin gerührt, daß Ihr beide mich so

freundlich empfangt und werde darum immer wieder kommen.
Sie hielt ihr Wort, was für Liu jedoch keineswegs leicht war, denn jedesmal, wenn er sich mit seiner Frau im Bett vergnügte, fragte er sich, ob sie es sei oder die Füchsin. Andererseits tat die Füchsin alles, was in ihrer Macht lag, um den beiden zu helfen. War im Haushalt irgendein Gegenstand verschwunden, so setzte sie sich auf den Ehrenplatz, steckte sich wie ein Richter eine Achatnadel ins Haar, ließ alle Diener vortreten und sagte würdevoll zu ihnen:
»Die gestohlene Sache wird heute Nacht auf den Tisch gelegt, sonst ergeht es euch schlecht.«
Und da alle Angst vor ihr hatten, tat der Dieb, was ihm befohlen wurde.
Nach drei Jahren war sie dann endgültig verschwunden. Liu war froh, daß er endlich sicher war, wen er im Bett in seinen Armen hielt, seine Frau aber ahmte die Füchsin nach. Auch sie setzte sich, gab es einen Diebstahl, auf den Ehrenplatz und gab dem Gesinde den gleichen Befehl wie die Füchsin. Und da die Diebe nicht wußten, ob es sich um ihre Herrin oder die Füchsin handelte, brachten sie das Gestohlene zurück.

Der Alchimist und seine Konkubine

anonym

»Sie laufen in Lumpen herum, die nicht einmal mehr die Kälte abhalten können, und doch behaupten Sie, billiges Metall in Gold verwandeln zu können. Warum machen Sie das Gold nicht für sich selbst und schuften immer nur für die anderen?« Diese Frage stellte zu Zeiten der Ming-Dynastie Tang Yin, Dichter und Scholar zugleich, und entlarvte damit die vielen Alchimisten, die jedermann, ob geizig oder vertrauensselig, hereinlegten, indem sie vorgaben, aus Kräutern den Stein der Weisen produzieren oder Blei, Silber und Quecksilber in Gold verwandeln zu können. Sie nannten es die ›Kunst der Alchimie‹, ergaunerten sich Silber, um damit angeblich arbeiten zu können, und machten sich dann aus dem Staub, um ›mit dem Topf zu fliehen‹, wie sie es nannten. Einstmals hatte ein Mönch dem Dichter Tang Yin angeboten, ihm seine Kunst vorzuführen.
»Sie haben das Antlitz eines Heiligen«, sagte er. »Für Sie könnte ich es tun.«
»Wie ich sehe, gehen Sie in Lumpen«, erwiderte Tang Yin. »Wenn Sie doch aber die ›Kunst der Alchimie‹ beherrschen, warum verwandeln Sie nicht das Gold für Ihre eigenen Zwecke, warum nur für die anderen?«
»Ich besitze zwar diese Gabe, doch ist die Natur gegen mich«, erwiderte der Mönch. »Meine Kunst wirkt nur, wenn ich jemanden finde, dem das Glück geneigt ist. Ich selbst habe kein Glück. Da ich aber sehe, daß Sie unter einem glücklichen Stern geboren sind, biete ich Ihnen an, mein Partner zu werden.«
»Nun gut, dann möchte ich Ihnen folgenden Vorschlag machen«, sagte Tang Yin. »Ich werde mich nicht einmischen, während Sie Ihre Kunst vorführen, und werde Ihnen lediglich mit meinem Glück helfen; dann, wenn es Ihnen gelungen sein sollte, aus billigem Metall Gold herzustellen, teilen wir das Gold je zur Hälfte unter uns auf.«

Der Mönch merkte, daß der Scholar ihn bloß auf den Arm nahm. Und da er sich äußerst ungern in der Rolle eines Opfers sah, machte er sich flugs aus dem Staub. Tang Yin aber schrieb die anfangs zitierten Zeilen. Und trotzdem gibt es immer wieder hochintelligente Menschen, die blindlings in eine solche Falle stolpern.

Lassen Sie mich von Pan, einem reichen Mann aus Sungchiang erzählen, der Scholar in der Kaiserlichen Akademie war, ein außerordentlich belesener und sympathischer Mann, den aber die Leidenschaft zur Alchimie gepackt hatte. Da gleich und gleich sich gern gesellt, drängten sich die Alchimisten um ihn und erleichterten ihn mit der Zeit um eine stattliche Menge Silber. Ihm aber, auch wenn er immer wieder betrogen wurde, tat es nicht leid darum. Er behauptete einfach, er habe bisher nicht das Glück gehabt, auf einen wahren Alchimisten zu treffen. Eine dermaßen alte Kunst müsse eines Tages ihre Zauberkraft erweisen, und dann wären alle seine früheren Fehlschläge völlig unbedeutend. Seine Besessenheit wuchs, und sein Ruf verbreitete sich überall, bis jeder Alchimist von ihm gehört hatte und die Scharlatane gemeinsam eine Verschwörung anzettelten, um ihn zu betrügen.

Pan hatte sich in Hangchow eingemietet. Eines Tages im Herbst zog ein Fremder seine Aufmerksamkeit auf sich, der sich im Nachbarhaus niedergelassen hatte, um den Westsee bewundern zu können. Er war mit vielen Dienern und großem Gepäck gekommen, und Pan erfuhr, daß die wunderschöne Frau, die ihn begleitete, seine Konkubine war. Tag für Tag mietete der Fremde das größte Boot in Hangchow, ließ darauf eine Festtafel anrichten und die Singsang-Mädchen kommen, damit sie ihm auf ihren Instrumenten vorspielten. Dann trank, sang und feierte er mit seiner Konkubine auf dem See ausgiebig. Er besaß viele fein ziselierte Trinkgefäße aus Gold und Silber, und jeden Abend, wenn er, von Dutzenden von Laternen begleitet, zu seinem Haus zurückkehrte, verteilte er fürstliche Geschenke an die Umstehenden. Pan, der das alles aus nächster Nähe sah, war mächtig beeindruckt.

»Meine Familie gilt schon als reich«, dachte er, »doch nie könnte ich es mir leisten, so mit dem Geld um mich zu werfen. Dieser Mann muß enorm reich sein.«

Bald überredete er einen Mittelsmann, dem Fremden seine,

Pans, Ehrerbietung zu übermitteln, worauf sich die beiden trafen und Grüße austauschten. Sobald sich eine günstige Gelegenheit ergab, bemerkte Pan:

»Ihr Reichtum übersteigt alles, was ich je gesehen habe, mein Herr!«

»Ach, das ist nichts«, erwiderte der andere höflich.

»Aber ja doch, Sie müssen Berge von Gold und Silber haben«, bohrte Pan hartnäckig weiter, »sonst hätten Sie bei Ihrem Lebensstil sehr bald Ihren Besitz vertan.«

»Berge von Gold auszugeben ist leicht«, erwiderte der Fremde. »Was man wirklich braucht, das ist eine unerschöpfliche Quelle.«

Schon war Pans Neugierde geweckt.

»Was verstehen Sie unter einer unerschöpflichen Quelle?« fragte er.

»Da wir uns ja gerade erst kennengelernt haben, kann ich darüber nicht reden«, wich der Fremde aus.

»Ich bitte Sie aber inständig, mich aufzuklären«, bohrte Pan weiter.

»Selbst wenn ich mich Ihnen anvertrauen würde, so könnten Sie mich vermutlich nicht begreifen und mir auch nicht glauben«, vertröstete ihn der Fremde.

Da diese mysteriösen Andeutungen Pan nur bewogen, den Fremden um so hartnäckiger auszufragen, entließ dieser seine Diener.

»Ich besitze den Stein der Weisen, mit dessen Hilfe man Silber in Gold verwandeln kann«, flüsterte er. »Gold ist für mich wie Staub.«

Bei dieser Anspielung auf die Alchimie, der seine ganze Leidenschaft galt, wurde Pan von Freude ergriffen.

»Sie beherrschen also die alchimistische Kunst!« rief er. »Auch ich habe mich der Alchimie verschrieben, hatte jedoch noch nie das Glück, einem wirklichen Meister dieser Kunst zu begegnen. Gern opferte ich alles, was ich besitze, wenn Sie mich nur in Ihrer Kunst unterwiesen!«

»Das geht nicht so einfach«, sagte der Fremde. »Doch könnte man ohne weiteres, um sich die Zeit zu vertreiben, ein paar Experimente anstellen.«

Er befahl einem Knaben, der ihm diente, den Ofen anzuzünden, und ließ einige Unzen Silber in einem großen Kessel schmelzen. Dann entnahm er seiner Tasche ein Päckchen mit einem Pulver und schüttete einen Teil davon in das flüssige Metall. Als er den Kessel ausleerte, hatte sich das Silber darin in herrlich glänzendes Gold verwandelt. Nun gibt es aber auf der ganzen Welt kein Pulver, das Silber in Gold verwandeln kann. Der Mann hatte nur durch einen chemischen Prozeß sein Pülverchen mit wertlosem Metall verbunden, wobei sich beim Schmelzprozeß die Silberschlacke mit Silberessenz vermischt und eine goldene Farbe angenommen hatte. Doch es war nicht mehr Gold darin, als der Mann selbst hineingetan hatte – kein Stäubchen mehr. Alchimisten wenden diesen Trick sehr oft an. Pan aber war im siebten Himmel.

»Da braucht man sich nicht zu wundern, daß ihm das Geld wie Wasser fortläuft und er seine ganze Zeit dem Vergnügen widmen kann«, dachte er. »Es ist offensichtlich ganz leicht, Gold zu machen. Bei all meinen früheren Versuchen habe ich nur Geld verloren; doch diesmal habe ich das Glück, einem richtigen Meister begegnet zu sein. Ich muß ihn bitten, mir zu helfen!«

Daher fragte er den Fremden: »Wie stellen Sie den Stein der Weisen her, mein Herr?«

»Man nennt diesen Prozeß die ›Herstellung von Muttersilber‹«, erwiderte der Fremde. »Man braucht als Grundsubstanz jede Menge Silber, behandelt es mit Chemikalien und wärmt es im Kessel auf. Nachdem es neunmal erhitzt und auf die richtige Temperatur gebracht wurde, wird es sich zu einer Silberlösung zusammenziehen. Nach dem Erkalten braucht man nur noch den Kessel zu öffnen und den Stein der Weisen herauszunehmen – das winzigste Teilchen davon verwandelt gewöhnliches Metall in Gold oder Silber, während das ursprüngliche Silber unverändert bleibt.«

»Wieviel Silber braucht man dafür?« fragte Pan.

»Je mehr Silber, desto stärker der Stein der Weisen«, lautete die Antwort. »Ein halbes Fäßchen davon, und Sie werden reich sein wie der Kaiser.«

»Wenn ich auch nicht reich bin«, sagte Pan, »kann ich doch ein paar tausend Tael auftreiben. Wenn Sie mich in die Lehre nehmen wollen und, während Sie den Stein der Weisen machen, mein Gast sind, wird der größte Wunsch meines Lebens in Erfüllung gehen.«

»Ich bringe meine Kunst sehr selten einem anderen bei«, erwiderte der Fremde. »Auch lasse ich normalerweise Fremde nicht an meinen Experimenten teilhaben. Doch Ihre Ehrlichkeit hat mich beeindruckt, und daß wir Nachbarn sind, beweist, daß unsere Begegnung vorbestimmt war. Ich werde für Sie tun, was ich kann. Lassen Sie mich wissen, wo Sie zu Hause sind, und ich werde Sie besuchen.«

»Ich lebe in Sungchiang, nur zwei bis drei Tagereisen von hier entfernt. Wenn Sie aber geruhen wollen, mich zu besuchen, warum packen Sie nicht gleich Ihre Sachen und begleiten mich zu meinem bescheidenen Haus? Sollten wir uns hier trennen, so kann leicht irgend etwas geschehen, was mich dieses Vorteils beraubt.«

»Mein Haus steht in der Provinz Hunan, und dort habe ich meine Mutter zurückgelassen«, erwiderte der Fremde. »Ich habe meine Konkubine mitgebracht, damit sie sich an den so gerühmten Schönheiten von Hangchow erfreuen kann, und die Zeit ist auf so angenehme Weise verstrichen, daß ich meine Rückkehr immer wieder aufgeschoben habe. Zwar bin ich mit leeren Händen hierher gekommen, aber ich habe alle meine Ausgaben mit Hilfe meines Kessels bestritten. Doch jetzt, da ich eine verwandte Seele gefunden habe, werde ich mein Geheimnis nicht länger für mich behalten. Nachdem ich meine Konkubine nach Hause gebracht und meiner Mutter die nötige Ehre erwiesen habe, werde ich zu Ihnen kommen. Das wird ja wohl nicht zu spät sein – oder?«

»Ich habe ein Landhaus, wo sich auch die Frau niederlassen könnte«, schlug Pan vor. »Würden Sie sie nicht lieber mitnehmen, damit sie Ihnen Gesellschaft leistet, während Sie arbeiten? Obwohl wir sicherlich keine glänzenden Unterhalter sind, werden wir unser Bestes tun, um es Ihnen und Ihrer Frau bequem zu machen. Sollten Sie sich die Mühe nehmen, zu mir zu kommen, meine Dankbarkeit ließe sich in Worten gar nicht ausdrücken.«

Der Fremde nickte.

»Da Sie sich so bemühen«, sagte er, »werde ich mit meiner Konkubine sprechen und dann alles für unsere Abreise vorbereiten.«

Pan war überglücklich. Unverzüglich schrieb er einen Brief, in dem er den Alchimisten einlud, am folgenden Tag mit ihm ein

Festessen zu genießen. Und am nächsten Tag geleitete er den Fremden achtungsvoll auf das Boot, wo jeder sich mit seiner Gelehrsamkeit brüstete. Ihre Unterhaltung wollte kein Ende nehmen, und beide bedauerten nur, daß sie sich nicht schon früher getroffen hatten. Schließlich trennten sie sich, und jeder war von dem anderen begeistert. Pan hat auch der Konkubine Speisen und Wein geschickt. Am nächsten Tag lud ihn der Alchimist seinerseits zu einem noch großartigeren Fest ein, bei dem begreiflicherweise alle Teller aus Gold und Silber waren. Da Pan an nichts als an die Alchimie denken konnte und sein Interesse an der schönen Landschaft gänzlich erloschen war, beschleunigte er seine Vorbereitungen, um mit dem Alchimisten nach Sungchiang reisen zu können. Sie mieteten im Hafen zwei große Dschunken, brachten ihr Gepäck an Bord und fuhren gemeinsam fort. Die junge Frau in der Kabine des Alchimisten steckte des öfteren ihren Kopf durch die Türvorhänge, und Pan sah, daß sie überwältigend schön war, so schön, daß er sich auf der Stelle in sie verliebte. Doch – o weh – ein unüberbrückbarer Graben lag zwischen ihnen, und er konnte ihr nicht anvertrauen, was sein Herz fühlte. Bald litt Pan so schwer unter seiner Leidenschaft, daß er Tag und Nacht nur darüber nachsann, wie er ihr eine Botschaft zukommen lassen könnte.
Als beide Boote Sungchiang erreicht hatten, brachte Pan den Alchimisten an Land und geleitete ihn zu seinem Haus.
»Hier lebt meine Familie«, sagte er und bot seinem Gast Tee an. »Doch es sind viel zu viele Menschen hier. Ich möchte deshalb Sie und Ihre Frau lieber in mein Landhaus einladen, das hier in der Nähe liegt. Ich selbst kann dort in einer der Studierstuben im vorderen Hof bleiben. Dort wird uns niemand stören. Auch liegt es so abgelegen, daß es niemandem auffallen wird, wenn Sie Ihr Feuer entfachen. Was meinen Sie dazu?«
»Während ich meine Kunst ausübe«, sagte der Alchimist, »darf ich mich ohnedies nicht ordinärer Neugierde und dem Lärm der Welt aussetzen. Und da auch meine Konkubine hier ist, habe ich um so mehr Grund, in Abgeschiedenheit zu leben. Wir würden also mit größter Freude in Ihrem Landhaus bleiben.«
Da befahl Pan den Bootsleuten, Kurs auf sein Landhaus zu nehmen. Am Tor des Hauses hing eine Tafel mit der Aufschrift: *Der Garten des Vergnügens.*

»Dieser ruhige, schöne Ort ist genau das richtige für die Alchimie«, erklärte der Alchimist, nachdem er sich umgeschaut hatte. »Auch meine Konkubine wird sich hier wohl fühlen, also kann ich mit ruhigem Gewissen an die Arbeit gehen. Sie sind ein glücklicher Mensch.«
Darauf schickte Pan die Dienerinnen, die Konkubine vom Boot ins Haus zu geleiten. In prächtigen Gewändern, begleitet von zwei Dienerinnen, die Frühlingswolke und Herbstlicher Mond hießen, trippelte sie anmutig in den Garten. Als sie sich Pan näherte, stand er auf, um sich bescheiden zurückzuziehen. Doch der Alchimist hielt ihn zurück.
»Wir sind gute Freunde«, sagte er. »Ich werde sie Ihnen vorstellen.«
Als Pan ihr ins Gesicht blickte, sah er, daß sie von Nahem noch schöner war. Alle reichen Männer sehnen sich nach Geld und schönen Frauen, und Pan war es, als schmelze er wie ein Schneemann in der Nähe des Feuers. Darüber vergaß er sogar für einen Augenblick die Alchimie.
»In diesem Haus gibt es viele innere Gemächer«, sagte er zum Alchimisten. »Ihre Frau soll sich diejenigen aussuchen, die ihr am besten gefallen. Und falls sie nicht genug Dienerinnen hat, kann ich noch einige Mädchen zu ihr schicken.«
Während der Alchimist und seine Konkubine sich im Haus umsahen, eilte Pan nach Hause und holte ein paar goldene Haarnadeln und Ohrringe, die er dem Alchimisten übergab.
»Darf ich diese Kleinigkeit Ihrer Frau anbieten?« fragte er. »Und seien Sie bitte nicht beleidigt, daß ich so wertlose Geschenke anzubieten wage.«
Als der Alchimist jedoch sah, daß die Schmuckstücke aus Gold waren, weigerte er sich, sie anzunehmen.
»Sie erweisen mir zu viel Ehre«, erwiderte er. »Ich kann das Gold so leicht selbst herstellen, Sie aber kostet es zu viel Geld. Ich kann diese Geschenke leider nicht annehmen.«
»Ich weiß, daß Sie an solchen Kleinigkeiten nicht interessiert sind. Nehmen Sie sie aber trotzdem als Zeichen meiner aufrichtigen Bewunderung für Ihre Frau.«
»Da Sie so gütig zu uns sind, wäre es undankbar, sie abzulehnen«, erwiderte der Alchimist. »Ich nehme Sie daher an. Wenn ich den Stein der Weisen gemacht habe, werde ich Ihnen Ihre Güte zurückzahlen.«

Mit einem Lächeln verließ er das Zimmer und befahl einer Dienerin, die Schmuckstücke seiner Konkubine zu übergeben und sie zu bitten, herzukommen, um sich bei ihrem Gastgeber zu bedanken. Pan aber dachte sich, daß die Möglichkeit, sie noch einmal zu sehen, ihn für seine Schmuckstücke mehr als entschädigen werde.
»Dieser Mann hat nicht nur die Alchimie erlernt, er besitzt auch diese überirdische Schönheit«, dachte er. »Was kann man mehr vom Leben verlangen? Glücklicherweise hat er zugesagt, auch für mich einen Stein der Weisen herzustellen, und bald werde ich selbst imstande sein, Gold zu machen. Vielleicht gelingt es mir, mit dieser Schönheit, so lange sie hier ist, zusammenzukommen. Dann wäre ich restlos glücklich. Allerdings darf ich nichts durch meine Hast verderben. Am besten widme ich mich zuerst einmal der Alchimie.«
Und so fragte er den Alchimisten: »Wann würde es Ihnen passen, mit Ihrer Kunst zu beginnen?«
»Wir können anfangen, sobald Sie das Silber haben.«
»Wieviel davon brauchen Sie?«
»Je mehr, desto besser. Denn je mehr Silber wir haben, desto wirkungsvoller wird der Stein der Weisen sein; und wenn Sie ausreichend Silber haben, brauchen Sie den ganzen Prozeß nicht noch einmal zu wiederholen.«
»Wenn das so ist«, sagte Pan, »werde ich Ihnen zweitausend Tael Silber für den Kessel geben. Heute gehe ich nach Hause und hole es ab, und morgen ziehe auch ich hierher ins Landhaus, um mit Ihnen zu arbeiten.«
An diesem Abend bereitete Pan dem Alchimisten ein großes Fest, und jeder fühlte sich in der Gesellschaft des anderen sehr wohl. Daß er auch Wein und erlesene Speisen in die inneren Gemächer schickte, braucht wohl nicht erwähnt zu werden.
Am nächsten Tag brachte Pan zweitausend Tael in sein Landhaus und dazu alle Utensilien, die man für den Prozeß brauchte: Retorten, Destillierkolben, Bolzenköpfe und dergleichen mehr. Er hatte genügend Erfahrung in der Alchimie und wußte genau, was benötigt wurde. So hatte er bald auch Blei, Amalgam und andere Bestandteile parat.
»Ich bin Ihnen sehr verbunden für die Mühe, die Sie sich machen«, sagte der Alchimist. »Sie werden jedoch feststellen,

daß meine Methode eine ganz andere ist als die Ihnen vertraute.«
»Genau das möchte ich von Ihnen lernen.«
»Bei dem Stein der Weisen, den ich herzustellen gedenke, handelt es sich um *lapis novenarius.* Neun Tage ergeben einen Zyklus, und wenn neunmal neun Tage vergangen sind, kann der Kessel geöffnet werden. Der Stein der Weisen ist fertig, und Sie werden fortan ein großes Vermögen besitzen.«
»Ich kann nicht sagen, wie dankbar ich Ihnen bin!« rief Pan.
Darauf befahl der Alchimist dem Knaben, der sein Diener war, den Ofen anzumachen und das Silber nach und nach in den Kessel zu legen. Als das geschehen war, zeigte er Pan seine Formel, goß irgendwelche seltsame Chemikalien auf das Metall, so daß Dünste in den verschiedensten Farben aufstiegen, und versiegelte den Kessel mit einem alchimistischen Siegel. Schließlich entließ er seine Diener.
»Ich werde hier insgesamt etwa drei Monate bleiben«, sagte er ihnen. »Geht nach Hause und richtet dies meiner Mutter aus.«
Daraufhin gingen die Diener fort, und nur der Knabe blieb zurück.
Täglich überprüfte der Alchimist den Ofen, um sich zu überzeugen, ob das Feuer die richtige Farbe habe, nie aber öffnete er den Kessel. In der Zwischenzeit plauderte er, trank oder spielte Schach mit Pan, bis sie beste Freunde wurden. Pan schickte seinerseits auch viele Geschenke an die Konkubine, um ihre Gunst zu erwerben, und sie übersandte ihm ihrerseits zusammen mit ihren Grüßen allerlei Kleinigkeiten. So vergingen mehrere Tage, als plötzlich ein Mann in Trauerkleidern schwitzend und erschöpft im Landhaus erschien. Es war einer der Diener, die man nach Hause geschickt hatte, und nun verbeugte er sich vor dem Alchimisten.
»Die alte Frau ist tot!« rief er. »Begeben Sie sich bitte sofort nach Hause, Herr, Sie müssen an der Bestattung teilnehmen.«
Der Alchimist erstarrte vor Schreck, dann warf er sich zu Boden und weinte bitterlich.
»Ihre Mutter hat ja das Ende der ihr gesetzten Frist erreicht, und Sie sollten nicht allzu viel um sie trauern«, sagte Pan bestürzt. »Bitte quälen Sie sich nicht so.«

»Es gibt niemanden, der den Haushalt dort übernehmen könnte« sagte der Diener zum Alchimisten. »Am besten Sie verlieren keine Zeit.«
Da trocknete der Alchimist seine Tränen und wandte sich Pan zu:
»Ich wollte Ihnen eine Gefälligkeit erweisen, um Ihnen meine Dankbarkeit zu zeigen. Doch nun hat mich ein großes Unglück ereilt, das zu beklagen ich nie aufhören werde. Der Stein der Weisen ist noch nicht fertig, und der Prozeß der Herstellung darf nicht unterbrochen werden, daher befinde ich mich in einem Dilemma. Obwohl meine Konkubine nur eine Frau ist, ist sie doch lange genug bei mir, um die zur Vollendung des Ganzen notwendige Temperatur zu kennen; sie kann also hierbleiben und das Feuer regulieren. Da sie aber so jung ist und niemanden hat, der auf sie aufpassen könnte, möchte ich sie nicht allein zurücklassen.«
»Wie können Sie Bedenken haben, nachdem wir so gute Freunde geworden sind?« versuchte Pan ihn zu beruhigen. »Lassen Sie Ihre Frau getrost hier und machen Sie sich keine Sorgen. Kein Neugieriger wird sich in der Nähe des Labors zeigen, und ich werde ihr eine achtbare Frau schicken, die ihr Gesellschaft leistet. Oder wenn Sie das vorziehen, so kann sie auch bei meiner Frau übernachten, während ich hier bleibe. So können wir während Ihrer Abwesenheit auf den Kessel aufpassen. Was wäre dagegen einzuwenden?«
Ein paar Augenblicke zögerte der Alchimist.
»Der Tod meiner Mutter hat mich verwirrt«, sagte er schließlich. »Ich weiß, daß in alten Zeiten die Männer ihre Frauen und Kinder ihren Freunden anvertrauten; und da Sie so gütig sind, werde ich meine Konkubine hier zurücklassen, damit sie das Feuer reguliert, während ich zum Begräbnis meiner Mutter reise. Ich werde bald zurück sein, um den Kessel öffnen und allen meinen Pflichten auf diese Weise gerecht werden zu können.«
In seiner Freude darüber, daß die Konkubine zurückbleiben werde, um auf das Feuer aufzupassen, hätte Pan bereitwillig jedem Vorschlag zugestimmt.
»Wenn Sie das tun«, erwiderte er strahlend, »können wir den Prozeß bis zum erfolgreichen Ende bringen.«
Der Alchimist begab sich in die inneren Gemächer, um seiner

Konkubine die Angelegenheit zu erklären. Dann erschien er mit ihr bei Pan.
»Du hast lediglich auf den Kessel aufzupassen«, sagte er zu ihr. »Aber du darfst ihn unter gar keinen Umständen öffnen. Wenn du einen Fehler begehst, wird es dir später leid tun.«
»Und was ist, wenn Sie nach einundachtzig Tagen nicht zurückkehren?« fragte Pan.
»Wenn das Silber lange genug der Hitze ausgesetzt worden ist, kann es ruhig noch ein paar Tage länger im Kessel bleiben. Das wird dem Stein der Weisen nur noch zusätzliche Kraft verleihen«, erwiderte der Alchimist. »Ein kleiner Aufschub würde nicht schaden.«
Dann wechselte er noch ein paar persönliche Worte mit der Konkubine und reiste ab.
Da der Alchimist die Konkubine zurückgelassen hatte, verschwendete Pan auch keine Gedanken daran, daß er etwa nicht zurückkehren oder der Stein der Weisen nicht zustande kommen könnte. Sein einziger Gedanke war, daß er jetzt eine glänzende Gelegenheit hatte, die junge Frau zu verführen, und daß sie nicht ungenutzt vorbeigehen durfte. Noch überlegte er, wie er das anstellen könnte, da nahte Frühlingswolke.
»Meine Herrin möchte, daß Sie einen Blick auf den Ofen werfen«, sagte sie.
Pan erhob sich rasch und eilte zur Tür der jungen Frau.
»Ihre Dienerin hat mir gesagt, ich möge Sie zum Ofen begleiten«, sagte er.
»Bitte zeigen Sie mir den Weg!« erwiderte sie honigsüß. »Ich werde Ihnen folgen.«
Dann kam sie aus ihrem Gemach heraus, ihn zu begrüßen und wiegte sich verführerisch in den Hüften.
»Sie sind mein Gast«, wandte Pan ein. »Wie könnte ich Ihnen vorausgehen?«
»Ich bin lediglich eine Frau«, erwiderte sie. »Wie könnte ich es wagen, das anzunehmen?«
Dank diesem Austausch von Höflichkeiten konnten sie sich, obwohl keiner den anderen berührte, einige Augenblicke lang Angesicht in Angesicht gegenüberstehen. Schließlich überzeugte Pan sie, daß sie mit ihren zwei Dienerinnen vorausgehen sollte, während er folgte. Der Anblick ihrer winzigen Füße, die goldenen Lotosblumen glichen, erhitzte sein Blut.

Als sie das Laboratorium erreichte, drehte sie sich zu ihren Dienerinnen um.
»Keine Unbefugte darf hier eintreten«, sagte sie zu ihnen. »Also wartet bitte draußen auf uns.«
Pan eilte hinter ihr her ins Laboratorium, angeblich um den Kessel zu überprüfen, in Wahrheit aber hatte er nur Augen für die junge Frau, die er am liebsten lebend verschlungen hätte. Sein ganzes Interesse an der Alchimie war dahin. Unglücklicherweise war der Knabe, der das Feuer entfachte, im gleichen Raum, und so konnte Pan der Schönen nur bewundernde Blicke zuwerfen, ohne ihr Komplimente machen zu können. Erst als sie den Raum wieder verließen, brachte er den Mut auf zu sagen:
»Ich danke Ihnen, daß Sie mich begleitet haben. Sie müssen sich in Ihren Gemächern ohne Ihren Mann ganz einsam fühlen.«
Die junge Frau erwiderte nichts. Sie lächelte nur leicht und ging davon, ohne sich vor ihm zu verbeugen. Das Feuer der Leidenschaft brannte in Pan nun um so stärker.
»Wären wir allein gewesen, ich wäre mit ihr zu Rande gekommen«, dachte er. »Was für eine Plage doch dieser Knabe ist, der sich ständig im Labor herumtreibt! Er muß morgen, noch ehe ich sie bitte, den Ofen zu besuchen, von dort verschwunden sein, dann kann ich sicher mit ihr schlafen.«
Er befahl einem der Diener: »Halte morgen etwas Wein und Speisen für den Knaben bereit, der auf das Feuer aufpaßt, und sage ihm, ich lüde ihn dazu ein, weil er so schwer gearbeitet habe. Und sorge dafür, daß er stockbetrunken ist!«
An diesem Abend trank er tiefunglücklich allein und dachte viel an die wunderschöne Konkubine im inneren Gemach, aber auch an all das, was sich an diesem Tag zugetragen hatte. Dann begann er laut zu wehklagen in der Hoffnung, daß die junge Frau ihn hören würde; und bald erschien auch Herbstlicher Mond mit einer Tasse duftendem Tee für ihn.
»Meine Herrin hat gehört, wie Sie mit sich selbst gesprochen haben«, sagte sie. »Da sie dachte, daß Sie vielleicht Durst haben könnten, läßt sie Sie bitten, etwas Tee zu sich zu nehmen.«
Strahlend vor Freude und überschwenglich bedankte sich Pan bei ihr.
Kaum hatte ihn die Dienerin verlassen, als aus dem inneren Gemach Worte zu vernehmen waren:

»Wird denn niemand Mitleid mit einer Blüte haben, die vom rauhen herbstlichen Wind hin und her geschaukelt wird? Sollten Sie in Liebe zu ihr entbrennen, wird sie sich nicht undankbar zeigen.«
Da wußte Pan, daß die Schöne freundliche Gefühle für ihn hegte; er wagte aber nicht, in ihr Zimmer einzudringen, und sobald er hörte, daß ihre Tür sich geschlossen hatte, ging er zu Bett und wartete ungeduldig auf den nächsten Tag. Am Morgen lud sein Diener den Knaben, der auf das Feuer aufpaßte, zu einem Essen ein; und der Junge, der es müde war, tagein-tagaus bei dem Feuer zu hocken, willigte nur allzu eifrig ein. Und er ließ nicht von seinem Becher ab, bis er völlig benebelt war und in einen schweren Schlaf verfiel. Sobald Pan sicher war, daß der Knabe aus dem Laboratorium verschwunden war, ging er zu der Konkubine und bat sie, ihn zu begleiten und den Kessel zu überprüfen. Wie am Vortag ging sie vor ihm zur Tür des Laboratoriums, wo sie ihren Dienerinnen befahl, draußen auf sie zu warten. Nur Pan allein folgte ihr hinein. Als sie den Ofen erreichte und sah, daß der Knabe fort war, spielte sie die Überraschte.
»Wie kommt es, daß niemand hier ist?« fragte sie. »Warum ließen Sie das Feuer ausgehen?«
»Weil ich selber vom Feuer erfaßt bin«, erwiderte Pan lächelnd. »Ich befahl dem Knaben, das Feuer zeitweilig sich selbst zu überlassen.«
»Sie hätten den Ofen nicht erlöschen lassen sollen«, wandte sie ein und tat so, als verstünde sie ihn nicht.
»Wollen wir ihn mit unserem eigenen Feuer wieder anzünden?« sagte Pan.
Die Frau schaute ernst drein.
»Wie kann einer, der Alchimie studiert hat, nur von solchen Dingen reden?« fragte sie.
»Ihr Mann hat das Bett mit Ihnen geteilt«, wandte Pan ein. »Ist das nicht das Gleiche?«
Darauf konnte die Konkubine keine überzeugende Antwort geben.
»Das war richtig und standesgemäß«, murmelte sie. »Was Sie aber vorschlagen, ist ganz falsch.«
»Wir sind dazu vorausbestimmt, einander zu lieben«, erklärte Pan. »Auch das ist richtig und standesgemäß.«

Daraufhin packte er sie bei den Händen und kniete vor ihr nieder.
»Was würde mein Mann dazu sagen?« fragte sie und half ihm auf die Beine. »Ich darf mich nicht falsch verhalten. Doch Sie waren so gut zu mir, daß es mir schwerfällt, Sie abzuweisen. Wir treffen uns heute Nacht.«
»Warum nicht jetzt?« bat Pan. »Der Abend ist noch viel zu fern.«
»Aber irgend jemand könnte hereinkommen, und das können wir uns nicht leisten.«
»Ich habe Sorge getragen, daß der Knabe nicht hier ist, und außer ihm kommt niemand hierher. Dieses Laboratorium liegt so abgeschieden, daß niemand etwas erfahren wird.«
»Aber der Ofen ist hier«, wandte sie ein. »Wenn wir den Herstellungsprozeß für den Stein der Weisen stören, wird es Ihnen leid tun. Das geht wirklich nicht.«
Zu diesem Zeitpunkt jedoch hatte Pan auch noch das letzte Interesse am Stein der Weisen verloren. Er nahm sie in seine Arme und schwor:
»Mir wäre das gleich, selbst wenn ich mein Leben dabei verlieren sollte.«
Nun wartete er nicht mehr auf ihre Einwilligung, packte sie, entkleidete sie wild und fiel über sie her. Eingebettet in ihrer Weiblichkeit fühlte er sich wie im Paradies.
»Unsere Seligkeit hat viel zu kurz gedauert«, sagte er, als alles vorbei war und sie seinen Samen von ihren Schenkeln trocknete. »Sie müssen mir eine ganze Nacht schenken.«
Wieder kniete er vor ihr nieder, und erneut half sie ihm auf die Beine.
»Ich hatte versprochen, Sie heute nacht zu empfangen, doch Sie wollten nicht auf mich hören«, warf sie ihm vor. »Wie konnten Sie sich derart benehmen dort neben dem Kessel?«
»Ich wagte nicht, eine solche Gelegenheit verstreichen zu lassen«, erwiderte Pan. »Ich konnte einfach nicht anders.«
»Soll ich heute nacht in Ihr Zimmer kommen oder kommen Sie zu mir?«
»Wie Sie wollen.«
»Neben mir schlafen zwei Dienerinnen, daher ist mein Zimmer nicht sehr geeignet. Heute nacht schlüpfe ich zu Ihnen

herein; und morgen erzähle ich meinen Dienerinnen von Ihnen, so daß Sie dann zu mir kommen können.«

In dieser Nacht kam sie, als alle schliefen, zu ihm in die Halle, und er brachte sie in sein Zimmer. Dort ergaben sie sich hemmungslos der Liebe, bis sie schließlich erschöpft einschliefen. Und von da an gaben sie sich jede Nacht dem Vergnügen hin – einmal in seinem und einmal in ihrem Zimmer. Noch nie hatte Pan derartige Wonnen erlebt. Die Frau war anschmiegsam, und es gab nichts, was sie im Bett nicht mit sich machen ließ oder mit ihm machte. Ihm war es nun völlig gleichgültig, ob der Alchimist jemals zurückkäme oder der Stein der Weisen hergestellt werden würde. Mehr als zehn Tage genossen sie so ihre Lust, als plötzlich der Torhüter meldete, der Alchimist sei zurückgekehrt. Verwirrt ging Pan ihm entgegen und begrüßte ihn. Bald darauf ging der Alchimist zu seiner Konkubine, sprach eine Weile mit ihr und kehrte dann zu seinem Gastgeber zurück.

»Meine Konkubine sagt, daß das Siegel unversehrt und der Zeitzyklus abgelaufen sei«, sagte er. »Warten wir bis morgen und öffnen wir dann den Kessel, nachdem wir den Göttern ihre Opfer dargebracht haben.«

Obwohl Pan nun seines nächtlichen Vergnügens beraubt war, tröstete er sich damit, daß er, nachdem der Alchimist zurückgekehrt war, bald im Besitz des Steins der Weisen sein würde. Am nächsten Tag kauften sie die papiernen Zauberformeln, brachten die Opfer dar und begaben sich dann ins Laboratorium. Doch kaum hatten sie die Türschwelle überschritten, als der Alchimist ein langes Gesicht zog.

»Was hat diese seltsame Atmosphäre herbeigeführt?« murmelte er vor sich hin.

Er öffnete den Kessel, blickte hinein und stampfte dann mit dem Fuß.

»Alles ist verloren! Alles ist verloren!« rief er. »Der Stein der Weisen hat sich in Rauch aufgelöst, und sogar das Silber, das als Grundlage diente, hat sich in Schlacke verwandelt! Irgend jemand hat alles vernichtet, indem er hier Böses begangen und sich dem sinnlichen Vergnügen hingegeben hat.«

Pan, der wußte, daß dieser Vorwurf der Wahrheit entsprach, wurde blaß und war keiner Antwort fähig. Der Alchimist aber knirschte vor Wut mit den Zähnen.

»Wer ist hier gewesen außer dir?« fragte er den Knaben.
»Nur Herr Pan und die Herrin, die jeden Tag kamen. Sonst hat niemand gewagt hereinzukommen.«
»Wie konnte es dann passieren, daß der Stein der Weisen verdorben wurde?« schrie der Alchimist. »Bringe sofort deine Herrin hierher!«
Der Knabe lief hinaus und kam mit der Konkubine zurück.
»Was hast du getan, als du den Ofen überprüft hast?« fragte der Alchimist sie wütend. »Wie konnte der Stein der Weisen verdorben werden?«
»Ich bin zwei Mal am Tage in dieses Zimmer gekommen, um nach dem Kessel zu sehen«, erwiderte sie. »Das alchimistische Siegel wurde nie angefaßt. Ich weiß nicht, wie der Stein verdorben werden konnte.«
»Ich habe nicht behauptet, daß das Siegel angefaßt wurde«, schrie der Alchimist sie an. »Du bist es wohl, die angefaßt worden ist.«
Dann fragte er den Knaben: »Hast du je dieses Zimmer verlassen, als Herr Pan und deine Herrin hier waren?«
»Nur einmal«, erwiderte der Knabe. »Eines Tages bewirtete mich Herr Pan, weil ich so schwer gearbeitet habe. Ich hatte einige Becher Wein zu viel getrunken und bin draußen eingeschlafen. Das war das einzige Mal, daß sie hier allein waren.«
»So war es also!« höhnte der Alchimist.
Er entnahm seinem Gepäck eine Peitsche.
»Ich werde dir eine Lehre erteilen, du Hure!«
»Ich habe ihm gleich gesagt, daß es so nicht geht!« schrie sie und wich den Schlägen aus. »Die ganze Schuld liegt bei Herrn Pan.«
Pan, wie vom Donner gerührt, wäre am liebsten im Boden versunken.
»Was haben Sie mir versprochen, als ich sie Ihnen anvertraute?« fragte der Alchimist mit zornigem Blick. »Und doch haben Sie in den wenigen Tagen, die ich fort war, diese schändliche Tat vollbracht. Sie sind schlimmer als ein Tier! Wie kann ein solcher Gauner hoffen, in den Besitz des Steines der Weisen zu kommen. Ich bin blind gewesen. Und diese Dirne hier werde ich jetzt zu Tode prügeln – wozu sollte eine so schamlose Person gut sein?«
Er schwang seine Peitsche, und die Konkubine, die Angst um

ihr Leben hatte, rannte in ihr Zimmer. Die Dienerinnen baten den Alchimisten inständig, ihr zu vergeben und bekamen dafür selbst einen Peitschenschlag. Als Pan sah, in welche Rage sein Gast geraten war, kniete er vor ihm nieder:
»Es gibt keine Entschuldigung für mein Verhalten«, sagte er. »Wenn Sie mir verzeihen wollen, bin ich bereit, meinen Verlust zu vergessen.«
»Sie haben die Schuld nur sich selbst zuzuschreiben«, erwiderte der Alchimist. »Es war Ihre Niedertracht, die den Stein der Weisen in Rauch verwandelt hat. Doch warum sollte ich Ihnen meine Lieblingskonkubine schenken, Sie geiler Hund! Wie wollen Sie das, was Sie ihr angetan haben, wieder gutmachen? Am liebsten möchte ich Sie für Ihre Tat mit dem Leben büßen lassen!«
»Lassen Sie mich für meine Sünde büßen!« bat Pan.
Rasch befahl Pan seinen Dienern, zwei große Barren Silber, jeder im Wert von hundert Tael, zu bringen. Doch der Alchimist ließ sich nicht einmal dazu herab, ihn auch nur anzublicken.
»Silber kann ich mir selbst machen«, spottete er.
Pan verrichtete noch einen Kotau und fügte zweihundert Tael hinzu.
»Mit diesem Silber können Sie sich eine andere Konkubine kaufen«, sagte er. »Ich habe Ihnen großes Unrecht zugefügt. Bitte verzeihen Sie mir um der alten Zeiten willen.«
»Ich brauche Ihr Silber nicht«, brummte der Alchimist. »Doch wenn ein Halunke wie Sie nicht auch sein Geld verliert, wird er sich nie bessern. Also nehme ich Ihr Silber an und werde es irgendeiner Wohlfahrtseinrichtung geben.«
Er packte die vierhundert Tael Silber in seinen Kasten, rief die Konkubine und die Diener und ließ sein Gepäck zum Boot tragen, mit dem er am Tag zuvor angekommen war.
»Noch nie im Leben bin ich so beleidigt worden!« schrie er.
Den ganzen Weg zum Boot schimpfte er und ließ, sobald er an Bord war, die Segel setzen.
Pan hatte solche Angst, der Alchimist könne die Konkubine umbringen, daß er trotz aller Geldverluste immer noch glaubte, ziemlich billig davongekommen zu sein. Er dachte wirklich, das Silber im Kessel habe sich durch seine Schuld in Schlacke verwandelt.

»Ich war zu ungeduldig«, dachte er. »Hätte ich nur gewartet, bis der Stein der Weisen fertig war und sie danach noch etwas länger hier behalten, oder hätten wir es wenigstens nicht im Laboratorium miteinander getrieben, alles wäre vermutlich gut ausgegangen. Nur wegen meiner Hast habe ich mein Silber verloren. Wie schade, daß ich einem wahren Alchimisten begegnet bin und trotzdem den Stein der Weisen nicht bekommen habe. Dennoch, es war ein einmaliges Abenteuer!«

Pan hatte keine Ahnung, wie raffiniert man ihn betrogen hatte. Und darum verlor er auch die Hoffnung nicht. Er bedauerte nur, eine einmalige Gelegenheit verpaßt zu haben und beschäftigte sich mehr denn je mit der Alchimie. Eines Tages traf er einen anderen Alchimisten, unterhielt sich mit ihm über die alchimistische Kunst und hielt den Fremden für eine so verwandte Seele, daß er ihn zu sich nach Hause einlud.

»Vor einiger Zeit«, sagte Pan, »traf ich einen Mann, der wahrhaftig gewöhnliches Metall in Gold verwandeln konnte. Er machte mich mit seiner Methode vertraut und begann sogar, den Stein der Weisen für mich herzustellen. Unglücklicherweise habe ich ihm Unrecht zugefügt, und so reiste er ab, ohne den Prozeß zu Ende zu führen.«

»Was dieser Alchimist konnte, kann ich auch«, erklärte der Fremde.

Daraufhin führte er Pan das nämliche Verfahren vor, indem er dem Blei etwas Pulver zusetzte und es in Silber verwandelte.

»Gut!« rief Pan aus, »wie gut! Das letzte Mal habe ich versagt, doch diesmal werde ich bestimmt Erfolg haben.«

Er kratzte tausend Tael Silber für den Alchimisten zusammen, der drei Leute zu seiner Hilfe herbeiholte. Pan, der gesehen hatte, mit welcher Leichtigkeit er sein Silber produziert hatte, glaubte ihm aufs Wort. Eines Nachts aber verschwand der Fremde mitsamt dem Inhalt des Kessels. Die zwei Betrüger hatten mithin Pans gesamten Besitz gestohlen. Und Zorn und Schande kamen noch dazu.

»Wenn man bedenkt, wieviel Zeit und Anstrengung ich in die ganze Geschichte investiert habe!« klagte er bei sich. »Beim ersten Mal war es meine Schuld, doch diesmal hat man mich betrogen! Ich werde versuchen, die Halunken aufzuspüren, denn sie werden sicher das gleiche irgendwo anders versuchen. Vielleicht gelingt es mir auch, wieder einem echten

Alchimisten zu begegnen, der mir zeigen kann, wie man den Stein der Weisen herstellt.«

Er packte also einige Kleider zusammen und streifte fortan umher.

Eines Tages stieß er am Westtor von Soochow auf die gesuchte Bande. Er wollte gerade ein Geschrei erheben und sie anzeigen, als sie ihn freudig begrüßten, als wäre er ein alter Freund, ihn in eine große, saubere Schenke einluden und Wein und Speisen bestellten.

»Wir haben seinerzeit Ihre Güte mißbraucht«, entschuldigten sie sich. »Doch das ist eben unser Geschäft. Seien Sie uns also nicht böse und lassen Sie uns jetzt davon reden, wie wir Ihnen Ihre Schuld zurückzahlen und so die Sache aus der Welt schaffen können.«

»Was meinen Sie damit?« fragte Pan.

»Ihr Silber haben wir ausgegeben, sobald wir unsere Hände darauf gelegt hatten, können es Ihnen also nicht zurückgeben. Doch in Shantung gibt es einen reichen Mann. Auch er bot uns an, den Stein der Weisen für ihn herzustellen. Wir haben bereits eine Abmachung mit ihm getroffen, und sobald unser Herr hierher kommt, wird er uns das Silber geben. Doch zur Zeit befindet er sich auf einer langen Reise und wird nicht so bald zurück sein. Wenn aber Sie bereit sind, einstweilen seinen Platz einzunehmen, so werden wir Ihnen Ihr Geld zurückzahlen. Was sagen Sie dazu?«

»Was für ein Mensch ist Ihr Herr?« fragte Pan.

»Er ist Mönch. Wir müssen Sie also bitten, einen Teil Ihres Haares abzuschneiden. Dann reisen wir als Ihre Schüler mit Ihnen nach Shantung.«

Darauf versessen, sein Silber zurückzubekommen, willigte Pan ein und schnitt sein Haar ab. Fortan behandelten sie ihn mit größter Hochachtung und brachten ihn nach Shantung, wo sie ihn dem reichen Mann als ihren Herrn vorstellten. Dieser bat ihn mit aller Höflichkeit, in der Halle Platz zu nehmen und unterhielt sich mit ihm über die Alchimie. Und da Pan ziemlich viel davon wußte und ein gebildeter Mann war, zeigte er sich von seiner besten Seite, so daß sein Gastgeber sehr beeindruckt war. Am gleichen Abend noch besorgte der reiche Mann zweitausend Tael Silber und ging an die Vorbereitungen, damit sie am nächsten Tag mit der Arbeit anfangen konnten.

Dann lud er Pan zu einem Trinkgelage ein, und ließ ihn, nachdem er betrunken war, im inneren Gemach zu Bett bringen. Bei Sonnenaufgang besprachen die Schwindler, wie der Ofen aufzustellen sei. Pan, der einiges darüber wußte, beteiligte sich an diesem Gespräch und gab ihnen gewisse Anweisungen. Schließlich wurde das Silber zum Schmelzen in einen Kessel gelegt, und die Männer, die sich als Pans Schüler ausgaben, bewachten den Ofen, während der Gastgeber Pan beiseite nahm, ihm Wein anbot und eine Unterhaltung mit ihm anknüpfte, damit er nicht verschwinden konnte. Die Halunken nutzten die Gelegenheit, um sich mit dem Silber aus dem Staub zu machen und ihren Herrn zurückzulassen. Der reiche Mann schöpfte keinerlei Verdacht, da ja der Mönch immer noch da war. Als er aber am nächsten Morgen entdeckte, daß die ganze Bande verschwunden war, griff er sich Pan und drohte, ihn vor den Magistrat zu bringen, um so auf die Spur der anderen zu kommen.
»Ich stamme aus Sungchiang«, sagte Pan weinerlich. »Ich gehöre dieser Bande nicht an. Ich bin lediglich an der Alchimie interessiert. Kürzlich nun hat man mich um eine große Summe Geldes betrogen. Später traf ich die Halunken auf der Straße, und sie versprachen, mir mein Geld zurückzuzahlen, wenn sie Ihnen den Stein der Weisen gemacht hätten. Ich müsse mir dazu nur die Haare abschneiden und vorgeben, ihr Herr zu sein. Ich kam in der Erwartung hierher, mein Geld wiederzubekommen, und habe nicht einen Augenblick daran gedacht, daß man auch Sie betrügen und mich im Stich lassen würde.«
Er weinte laut und lange. Der reiche Mann befragte ihn gründlich und glaubte ihm dann. Er entschied sich also, ihn nicht zu verfolgen und ließ ihn laufen. Pan, der kein Geld mehr für die Rückreise hatte, mußte sich als Bettelmönch nach Hause durchschlagen.
Als er den Hafen von Lingching erreichte, erspähte er auf einem großen Boot eine wunderschöne Frau, die durch die Vorhänge einer Kabine blickte. Ihr Gesicht kam ihm bekannt vor. Er sah genauer hin und erkannte, daß sie seiner Geliebten, der Konkubine des Alchimisten, verblüffend ähnelte.
»Könnte sie es sein?« fragte er sich.
Er näherte sich dem Boot und fragte die Umstehenden aus. So erfuhr er, sie sei ein berühmtes Freudenmädchen und von

einem Scholaren aus Honan gemietet, um ihn zu den Prüfungen in die Hauptstadt zu begleiten.
»Könnte er seine Konkubine verkauft haben?« fragte sich Pan. »Aber vielleicht sieht dieses Freudenmädchen ihr nur so ähnlich.«
Er wanderte in der Nähe des Bootes auf und ab, als sich eine Dienerin aus der Kabine näherte.
»Unsere Herrin fragt, ob Sie aus Sungchiang stammen?« fragte sie.
»Ja«, erwiderte Pan.
»Ist Ihr Name Pan?«
»Ja. Aber woher können Sie das wissen?«
Da rief die Frau in der Kabine: »Bitte ihn, herein zu kommen!«
Pan begab sich zu der Kabine, und die Frau sagte hinter dem Vorhang:
»Ich bin die Frau, die der Alchimist seine Konkubine nannte. In Wirklichkeit aber bin ich ein Freudenmädchen aus Honan. Ich mußte seine Anweisungen befolgen und ihm helfen, Sie zu betrügen. Ich fürchte, ich habe Ihnen großen Schaden zugefügt. Doch warum sind Sie so heruntergekommen?«
Traurig erzählte ihr Pan, wie man ihn erneut betrogen hatte und er sich nun mit Betteln nach Hause durchschlagen müsse.
»Sie tun mir vom Herzen leid«, sagte die Frau. »Ich werde Ihnen etwas Geld für die Reise geben, rate Ihnen aber, so schnell wie möglich nach Hause zu gehen. Und falls Sie wieder irgendwelche Alchimisten treffen sollten, lassen Sie sich nicht mehr von Ihnen betrügen. Schließlich war ich beteiligt und kenne ihre Tricks sehr gut. Wenn Sie meinen Rat befolgen, werde ich das Gefühl haben, Sie für die wunderbaren Liebesnächte, die wir zusammen verbrachten, entschädigt zu haben.«
Sie befahl ihrer Dienerin, Pan ein Päckchen mit drei Tael Silber zu überreichen, die er dankbar entgegennahm. Wenn sie auch nur ein Freudenmädchen war, seine Dankbarkeit für ihre Hilfe, ohne die er so leicht nicht nach Hause gelangt wäre, kannte keine Grenzen. Deshalb befolgte er auch ihren Rat und traute fortan keinem Alchimisten mehr.

Der Ölverkäufer und das Freudenmädchen

anonym

Freudenmädchen mögen einen, der gut aussieht, und Kupplerinnen mögen Geld, sagt das Sprichwort. Ein sowohl gut aussehender als auch reicher Mann wird also beiden gefallen und kann in einem Freudenhaus wie ein König schalten und walten.

Doch das ist nicht alles: hinzu kommen muß die Rücksichtsnahme, auf die man ebenso wenig verzichten kann, wie auf das Oberteil des Schuhs oder auf einen Futterstoff. Ein rücksichtsvoller Liebhaber kann die Anziehungskraft eines Mädchens zehnmal vergrößern und ihre Unzulänglichkeiten vergessen machen. Und welche Frau kann einem Mann widerstehen, der ihr seine zärtliche Aufmerksamkeit schenkt und sorgsam erforscht, was sie mag und was sie nicht mag? Das ist es, was wir unter Rücksichtsnahme verstehen.

Im Kampf um die Liebe siegt immer der rücksichtsvollere Liebhaber, denn seine Rücksichtsnahme ersetzt gutes Aussehen und Reichtum. Nehmen wir den Fall von Cheng Yuan-ho, der beides, Geld und gutes Aussehen verloren hatte und zum Bettler geworden war. Als Li Ya-hsien ihm so im Schnee begegnete, bekam sie Mitleid mit ihm, wickelte ihn in ihr besticktes Gewand, verwöhnte ihn mit den verschiedensten Leckerbissen und machte ihn zu ihrem Mann. Und all das nicht seines Geldes oder seines guten Aussehens wegen, sondern weil Cheng ihr soviel Aufmerksamkeit geschenkt hatte, daß sie sich von ihm nicht trennen konnte. So hatte Cheng einmal, als sie krank war und nach einer Suppe aus den Innereien eines Pferdes lechzte, sein bestes Pferd für sie geschlachtet. Eine einzige solcher Episoden reicht schon aus, um das Herz eines Mädchens zu gewinnen. Als Cheng schließlich die kaiserlichen Prüfungen als Bester bestand und sie als seine Frau einen offiziellen Titel erhielt, wurde aus dem Bettler ein Berater bei Hofe. Er verließ seine elende Hütte und zog in einen Marmorpalast mit seidenen Überhängen – eine romantische Geschichte, die von Generation zu Generation überliefert wurde.

Dem ersten Kaiser der Sung-Dynastie folgten sieben Kaiser auf dem Thron, unter denen das Volk in Frieden und Sicherheit lebte. Kaiser Hui Tsung jedoch berief schlechte Minister und widmete seine ganze Zeit ausschließlich dem Vergnügen. Anstatt sich um die Staatsangelegenheiten zu kümmern, baute er Gärten und Parks. Da geriet sein Volk in große Unruhe. Denn die Tataren der Goldenen Horde nutzten die Gelegenheit und überfielen das Land und hätten fast das schöne und blumengleiche Reich zerstört. Der Kaiser und sein Sohn wurden im Norden gefangengenommen, und erst als Fürst Kang den Yangtse auf einem Pferd aus Ton überquert und sich im Süden zum Kaiser Kao Tsung hatte ausrufen lassen, war der Friede wiederhergestellt. Aber jahrzehntelang hatte das Volk unsagbar gelitten.
Zu dieser Zeit lebte im Dorf Anglo außerhalb von Kaifeng, der Hauptstadt des nördlichen Königreiches, ein Mann namens Hsin Shan mit seiner Frau Yuan. Beide betrieben ein Lebensmittelgeschäft, verkauften Korn, Mehl, Bohnen, Tee, Wein, Salz und andere Waren und hatten sich so eine erträgliche Existenz aufgebaut. Hsin Shan war über vierzig. Er hatte keine Söhne, nur eine Tochter namens Yao Chin, ein hübsches und aufgewecktes Kind. Mit sieben Jahren schickte Hsin Shan sie in die Dorfschule und fortan war das Lesen ihr größtes Vergnügen. Im Alter von zehn Jahren wußte sie bereits Gedichte zu verfassen, und als sie zwölf war, verstand sie es glänzend, mit der Lyra umzugehen, sie spielte vorzüglich Schach und war berühmt für ihre schöne Schrift und ihre Malerei. Auch im Umgang mit der Nadel war sie so geschickt, daß es alle in Staunen versetzte.
Da Hsin Shan, wie gesagt, keine Söhne hatte, rechnete er fest damit, daß ihn ein Schwiegersohn auf seine alten Tage ernähren werde. Indes war es nicht leicht, für eine so außergewöhnliche Tochter einen Freier zu finden. Alle, die um ihre Hand anhielten, waren ihm nicht gut genug, und er wies sie ab. Just zu dieser Zeit überfielen die Tataren der Goldenen Horde das Land und belagerten Kaifeng. Obwohl Verstärkung herange-

holt werden konnte, beschloß der Hauptminister, zu kapitulieren und verbot den Truppen, anzugreifen. Der Feind aber stürmte die Hauptstadt und nahm den Kaiser und seinen Sohn gefangen. Die Leute, die außerhalb der Stadt lebten, gerieten in Panik, verließen ihre Häuser und flüchteten mit ihren Alten und Kindern.

Auch Hsin Shan schloß sich ihnen mit seiner Frau und seiner zwölfjährigen Tochter an. Scheu wie streunende Hunde, rasch wie der Fisch, der durch ein Netz schlüpft, flohen sie, gebeugt unter der Last des Gepäcks auf dem Rücken, hungernd und frierend immer weiter. Zwar holten die Tataren sie nicht ein, dafür aber stießen sie auf die eigene geschlagene Truppe.

»Die Tataren kommen!« schrien die Krieger, als sie die Flüchtlinge mit ihren Bündeln auf dem Rücken sahen. Und sie legten Feuer, um die vermeintlichen Feinde in Angst und Schrecken zu versetzen.

Inzwischen war die Dämmerung gekommen, und die Flüchtlinge liefen vor dem hellen Feuer in alle Himmelsrichtungen davon – jeder nur auf seine eigene Rettung bedacht. Diese Gelegenheit benutzte die Soldateska zum Plündern. Alle, die nicht bereit waren, ihr bißchen Hab und Gut herzugeben, wurden erschlagen. So wuchs das Chaos, und das Elend der Flüchtlinge wurde immer größer.

Als Yao Chin von Soldaten zu Boden getreten, wieder auf die Beine kam, waren ihre Eltern verschwunden. Da sie nicht wagte, laut nach ihnen zu rufen, verbrachte sie die Nacht bei den verlassenen Toten am Straßenrand. Als sie am nächsten Morgen aus ihrem Versteck hervorkroch, war außer dem vom Wind hoch gewirbelten Staub und den Leichen, die die ganze Straße bedeckten, nichts zu sehen. Nun weinte Yao Chin bitterlich, und sie wußte nicht, wo sie nach ihren Eltern suchen sollte. Hungrig und niedergeschlagen machte sie sich auf den Weg. Sie hatte noch nicht ein Li zurückgelegt, da sah sie eine Hütte aus Lehm. Dort wollte sie um einen Schluck Wasser bitten. Als sie jedoch näher kam, erkannte sie, daß die Hütte verwahrlost und verlassen war. Sie lehnte sich gegen die Wand aus Lehm und schluchzte wie ein kleines Kind.

Das Glück aber wollte es, daß ein Nachbar ihres Vaters Hsin vorbeikam, und zwar Pu Chiao, ein Faulenzer und Verschwender. Auch er hatte die anderen Flüchtlinge verloren

und sich allein auf den Weg gemacht. Als er das Schluchzen hörte, beeilte er sich nachzuschauen, was los sei.
Yao Chin kannte diesen Mann seit ihrer Kindheit, und in ihrer Einsamkeit und ihrem Elend kam ihr jeder Nachbar wie ein Freund vor. Sie trocknete ihre Augen, stand auf und begrüßte ihn erfreut.
»Habt Ihr meine Eltern gesehen, Onkel?« fragte sie.
Gestern haben mir diese Soldaten mein ganzes Gepäck und fast alles Geld gestohlen, dachte Pu. Dies Mädchen hat mir der Himmel geschickt, ein Geschenk, das nicht mit Gold aufgewogen werden kann. »Deine Eltern sind sehr traurig, daß sie dich verloren haben«, log er. »Sie baten mich, dich zu ihnen zurückzubringen, falls ich dir begegnete.«
Obwohl Yao Chin ein gescheites Kind war, das die Lüge hätte durchschauen müssen, machte ihr Unglück sie zutraulich. So ging sie mit Pu weiter.
»Wenn wir deine Eltern finden wollen«, sagte er, nachdem er ihren Hunger aus seinen Vorräten gestillt hatte, »werden wir den Fluß nach Chienkang überqueren müssen. Ich werde dich von jetzt an wie eine Tochter behandeln. Du nennst mich am besten Vater, sonst könnten die Leute noch denken, ich würde kleine Mädchen entführen.«
Yao Chin stimmte zu, und so gaben sie sich, ob zu Fuß oder mit einem Boot unterwegs, als Vater und Tochter aus. Als sie Chienkang erreichten, erfuhren sie, daß der Vierte Fürst der Tataren vorhabe, sein Heer über den Fluß zu führen. Da Chienkang unter diesen Umständen keine Sicherheit mehr bot, beschafften sie sich einen Platz auf der Dschunke, die nach Junchou fuhr. Dann wanderten sie über Soochow, Chiating und Huchou zur Hauptstadt im Süden, wo sie sich in einem Gasthaus niederließen.
Während dieser Reise, die sich über tausend Li erstreckte, hatte Pu sein ganzes restliches Geld ausgegeben, so daß er schließlich gezwungen war, noch seinen Mantel zu verkaufen, um ihren Aufenthalt im Gasthaus bezahlen zu können. So war ihm nur noch Yao Chin verblieben, und er war fest entschlossen, diese lebende Ware zu verkaufen. Sobald er also von einer Kupplerin am Westsee hörte, holte er sie ins Gasthaus, um die Ware zu begutachten und einen Preis zu bieten. Da Yao Chin sehr hübsch war, bot Frau Wang, die Kupplerin, fünfzig Unzen

Silber für sie. Sobald Pu das Geld erhalten hatte, brachte er das Mädchen in ihr Haus.
»Sie ist meine eigene Tochter, und es bricht mir das Herz, mich von ihr trennen zu müssen«, sagte der gerissene Bursche zu Frau Wang. »Wenn Ihr sie gut behandelt, wird sie alles tun, was Ihr wollt. Ihr müßt nur Geduld mit ihr haben.«
Und zu dem Mädchen sagte er: »Frau Wang ist eine Verwandte von mir. Ich lasse dich hier, während ich mich auf die Suche nach deinen Eltern begebe. Sobald ich sie gefunden habe, komme ich zurück und hole dich.«
Also ging Yao Chin freudig zu Frau Wang.
Frau Wang ließ für Yao Chin neue Kleider anfertigen und quartierte sie in einem der inneren Zimmer ein. Dort brachte sie ihr auserlesene Speisen und Tee und behandelte sie so freundlich, daß Yao Chin sich bald wie zu Hause fühlte. Doch nach einigen Tagen erwachte in Yao Chin wieder die Sehnsucht nach ihren Eltern, und mit Tränen in den Augen fragte sie Frau Wang:
»Warum kommt Onkel Pu nicht zurück?«
»Welcher Onkel Pu?«
»Herr Pu, der mich hierher gebracht hatte.«
»Mir hat er gesagt, er sei dein Vater.«
»Sein Name ist Pu, und ich heiße Hsin.«
Darauf erzählte sie von ihrer Flucht aus der Hauptstadt und wie sie ihre Eltern verloren und bald darauf Pu getroffen hatte.
»Das ist ja ein tolles Stück!« rief Frau Wang. »Du bist also eine Waise, ein Krebs ohne Scheren! Da kann ich dir genauso gut die Wahrheit verraten: Dieser Bursche Pu hat dich für fünfzig Unzen Silber an mich verkauft. Dies hier ist ein Freudenhaus, und ich habe bereits vier Mädchen – keins von ihnen ist allerdings so hübsch wie du. Ich habe dich in mein Herz geschlossen und werde dich deshalb wie mein eigenes Kind behandeln. Wenn du erwachsen bist, sollst du in Geld schwimmen.«
Als Yao Chin begriff, daß Pu sie betrogen hatte, fiel sie in Weinkrämpfe und war lange Zeit untröstlich.
Schließlich gab ihr Frau Wang einen neuen Namen – Wang Mei, die Blumenkönigin, und jeder im Haus nannte sie so. Man brachte ihr das Spielen auf verschiedenen Instrumenten, Sin-

gen und Tanzen bei, und bald beherrschte sie alle diese Künste hervorragend. Mit vierzehn war sie eine solche Schönheit, daß ihr die jungen Kavaliere von Linan Geschenke brachten, nur um sich an ihrer Schönheit zu laben. Andere bewunderten ihre geistigen und künstlerischen Gaben, und als bekannt wurde, daß sie eine gute Kalligraphin und Malerin sei, erschienen jeden Tag Männer, um eines ihrer Kunstwerke zu erwerben.

Mit der Zeit war sie so berühmt geworden, daß jeden Tag Männer erschienen und um die erste Nacht mit ihr feilschten. Doch sie lehnte alle ab. Frau Wang schätzte ihre Blumenkönigin wie pures Gold, und so hatte sie Angst, sie zu bedrängen.

Ein weiteres Jahr verging, und schließlich bat Frau Wang das Mädchen, den Kunden zu Willen zu sein. Doch Yao Chin wollte nichts davon wissen.

»Ich werde meine Einwilligung nur dann geben, wenn ich meine Eltern gefunden und ihr Einverständnis erhalten habe«, erklärte sie.

Frau Wang war empört, wollte aber das Mädchen nicht reizen, und so ließ sie das Thema fallen. Eines Tages bot allerdings ein sehr reicher Mann namens Chin dreihundert Tael Silber für die erste Nacht mit der Blumenkönigin. Angesichts dieser riesigen Summe dachte sich Frau Wang einen Plan aus, mit dem Chin einverstanden war. Die Blumenkönigin wurde am Abend des Mondfestes eingeladen, auf einem Boot die Flut auf dem Westsee zu genießen. Dort trieben vier Komplizen der Kupplerin so lange ihre Trinkspiele mit dem Mädchen, bis sie betrunken war. Darauf trugen sie sie zurück zum Hause der Frau Wang und legten sie auf ihr Bett. Ein paar Augenblicke später erschien Herr Chin. Zwar war die Blumenkönigin sinnlos betrunken, ihrer Schönheit tat das aber keinerlei Abbruch. Als sie sich auf dem Bett hin und her wälzte, öffnete sich ihr Gewand und zeigte ihre zwei Brüste, die, unberührt wie sie waren, frischen Knospen glichen. Herr Chin zog sich schnell aus und legte sich zu dem Mädchen. Sie wußte ja ohnehin nicht, was mit ihr geschah, also schmiegte er sich an sie und trieb mit ihr die raffiniertesten Spiele, wie sie die alten Männer kennen und auszuüben wissen. Er durchbohrte ihr jungfräuliches Häutchen und wußte ihren Liebesbecher bis zur Neige zu trinken. Endlich erwachte sie und begann laut zu schreien.

Daraufhin packte Herr Chin seine Gewänder und lief aus dem Zimmer. Da begriff das Mädchen, daß man sie mit einem Trick hereingelegt und ihrer Jungfräulichkeit beraubt hatte. Sie erhob sich, zog sich an, warf sich, das Gesicht zur Wand, auf eine Bambuscouch und weinte bitterlich. Als Herr Chin zurückkam, zerkratzte sie ihm das Gesicht, bis das Blut herunterlief. Darauf verließ er fluchtartig das Haus bei Sonnenaufgang.

Die Sitte verlangte, daß Männer, die mit einem Freudenmädchen dessen erste Nacht verbracht hatten, am nächsten Morgen die Gratulation ihrer Kupplerin und aller anderen der Gegend entgegennahmen. Normalerweise wurde das Ereignis mehrere Tage lang gefeiert, und die jungen Leute blieben ein bis zwei Monate im Freudenhaus oder doch zumindest zwanzig Tage oder zwei Wochen lang. Daß sich Herr Chin schon am nächsten Tag davonmachte, war etwas Ungeheuerliches. Unter Ausrufen der Verzweiflung zog Frau Wang ihre besten Kleider an und eilte nach oben, wo sie Yao Chin in Tränen aufgelöst auf der Couch fand. Frau Wang, versessen darauf, daß das Mädchen weitere Kunden empfing, entschuldigte sich wortreich; die Blumenkönigin aber sagte kein Wort, und so mußte die Kupplerin unverrichteter Dinge wieder gehen.

Yao Chin weinte und ließ sich den ganzen Tag nicht im Haus blicken.

Frau Wang zerbrach sich tagelang den Kopf, wie sie Yao Chin zur Vernunft bringen könnte, bis sie sich an ihre kupplerische Schwester, Frau Liu, erinnerte, die oft in ihrem Haus gewesen war und gut mit Yao Chin stand. Sie sollte mit dem Mädchen reden.

So schickte sie also eine Magd mit einer Einladung zu Frau Liu, und als die Freundin angekommen war und im vorderen Zimmer Platz genommen hatte, machte Frau Wang sie mit dem Problem vertraut.

»Ich kann sogar Asketen und Liebesgöttinnen liebeskrank machen«, erklärte Frau Liu. »Überlasse nur alles mir.«

»Wenn du das fertig bringst«, sagte Frau Wang, »werde ich gern einen Kotau vor dir machen. Trink etwas Tee, bevor du zu ihr gehst, damit du vom Reden nicht durstig wirst.«

»Mein Mund ist wie ein Meer«, prahlte die andere. »Ich kann den ganzen Tag reden, ohne Durst zu bekommen.«

Nach einigen Tassen Tee begab sich Frau Liu ins innere Zimmer, wo sie Yao Chins Tür verschlossen fand. Sie klopfte leise und rief: »Nichte!«

Yao Chin erkannte ihre Stimme, öffnete die Tür, und sie begrüßten einander. Dann setzte sich Frau Liu zu dem Mädchen an den Tisch.

»Welch guter Wind hat Euch heute hierher geweht?« sagte Yao Chin.

»Ich wollte dich schon seit langem besuchen«, erwiderte Frau Liu, »doch ich habe zu Hause zu viel zu tun. Heute aber habe ich mir Zeit genommen, um dir zu gratulieren, denn ich habe gehört, daß du nun eine Frau bist.«

Yao Chin errötete und senkte schweigend den Kopf. Frau Liu schob ihren Stuhl nah an das Mädchen heran und sagte vertraulich: »Sei doch nicht so zimperlich. Wie willst du sonst zum großen Geld kommen?«

»Wofür brauche ich denn Geld?«

»Selbst wenn du kein Geld brauchen solltest, deine Kupplerin will, daß sich bezahlt macht, was sie in deine Erziehung investiert hat. Menschen, die auf einem Berg leben, beziehen ihren Lebensunterhalt von dem Berg, und die beim Wasser leben, beziehen ihn vom Wasser. Keins der Mädchen, die Frau Wang besitzt, kann es mit dir aufnehmen. Du bist die beste Melone im Garten von Frau Wang, deshalb behandelt sie dich besser als alle anderen. Wie ich hörte, hast du nach dem ersten Kunden alle weiteren abgewiesen. Wer will denn die Seidenraupe mit Blättern vom Maulbeerbaum füttern, wenn sie sich weigert, Seide zu spinnen? Du scheinst unser Gewerbe nicht zu kennen.«

»Wie meint Ihr das?«

»Ihr Mädchen seid Nahrung, Kleider und Geld für unsereins. Haben wir das Glück, ein hübsches Mädchen zu erwischen, dann ist das so, als hätte eine Familie ein gutes Stück Land erworben. Ist das Mädchen noch zu jung, so hoffen wir, daß es schnell heranwächst. Denn sobald es seinen ersten Mann empfangen hat, ist es wie ein Kornfeld, das Ernte bringt. Herr Chang schickt Reis, Herr Liu Brennstoff, und die Kunden bestürmen unser Haus.«

»Sie treiben mir die Schamröte ins Gesicht. Ich werde nie dergleichen tun.«

Frau Liu bedeckte ihren Mund mit der Hand und quietschte vor Vergnügen.

»Du willst das nicht?« rief sie. »Dich wird niemand danach fragen, mein Liebling! Dieses Haus gehört Frau Wang, und sie kann dich halbtot prügeln, wenn sie will. Dann wirst du tun müssen, was sie von dir verlangt. Da du nicht weglaufen kannst, sei vernünftig und bereit, die Männer zu empfangen. Nimm dir meinen Rat zu Herzen: Da du dieser Kupplerin nun einmal gehörst, tue auch, was sie dir sagt; dann wirst du feststellen, daß das Leben wirklich angenehm sein kann.«

»Ich gehöre einer ehrbaren Familie an«, sagte Yao Chin. »Man hat mich durch List an ein Freudenhaus verkauft. Wenn Ihr mir helft, einen guten Mann zu finden, werdet Ihr eine bessere Tat tun, als wenn Ihr eine neunstöckige Pagode erbauen ließet. Lieber würde ich sterben als mich zu prostituieren.«

»Zu heiraten ist recht und gut, mein Kind«, erwiderte Frau Liu. »Doch es gibt verschiedene Arten von Ehen.«

»Was versteht Ihr unter den verschiedenen Arten von Ehen?«

»Nun, es gibt eine richtige Ehe, dann eine Scheinehe, eine beklagenswerte Ehe und eine glückliche Ehe; es gibt Ehen, die rechtzeitig und solche, die aus Notwendigkeit geschlossen wurden, und es gibt Ehen, die gut und solche, die schlecht enden. Hab' Geduld, Kind, bis ich dir das alles erklärt habe.

Was verstehen wir unter einer richtigen Ehe? Nun, eine ideale Ehe ist die zwischen einem glänzenden Scholaren und einem schönen Mädchen; doch solche Ehen sind selten. Wenn zwei solche Menschen sich begegnen und sich ineinander verlieben, können sie es nicht ertragen, auch nur für einen Augenblick getrennt zu sein, und werden von der Sehnsucht getrieben, einander zu heiraten. Sie sind wie zwei Motten, die sich aneinander klammern und so sterben. Das ist eine wahre Ehe.

Was aber ist eine Scheinehe? Bei einer solchen Ehe liebt ein junger Mann ein Mädchen, das ihn nicht liebt, ihn aber durch List dazu bringt, eine Menge Geld für sie auszugeben. Wenn der Tag der Eheschließung festgesetzt ist, will sie auf einmal nicht heiraten. Obwohl nun der Narr weiß, daß sie ihn nicht liebt, besteht er darauf, sie zu heiraten, besticht ihre Kupplerin und die Wünsche des Mädchens zählen nicht mehr. Da sie gegen ihren Willen in sein Haus getragen wird, bricht sie absichtlich alle Regeln des Hauses, macht Skandale oder treibt es mit anderen Männern, bis ihm klar wird, daß er sie in seinem Haus nicht halten kann. Nach etwa sechs Monaten oder einem Jahr läßt er sie ins Bordell zurück gehen. Eine solche Ehe ist nichts als ein Weg, zu Geld zu kommen, deshalb nennen wir sie eine Scheinehe.

Was ist eine beklagenswerte Ehe? Sie kommt dann zustande, wenn ein angesehener Mann ein Mädchen liebt, dem er vollkommen gleichgültig ist. Er aber benützt seine offizielle Stellung, um die Kupplerin – sie hat Angst vor Unannehmlichkeiten – zu zwingen, dieser Ehe zuzustimmen. Mit verweinten Augen siedelt das Mädchen in sein Haus um. Doch wenn sie einmal dort ist, hat sie das Gefühl, sich auf dem Grund eines Ozeans zu befinden, denn die Familienregeln sind so streng, daß sie es nicht wagt, den Kopf zu heben; und später führt sie ein elendes Leben, halb als Konkubine und halb als Dienerin. Das ist eine beklagenswerte Ehe.

Und was schließlich ist eine glückliche Ehe? Wir nennen die Ehe glücklich, in der sich ein Mädchen selbst seinen Mann erwählen kann und auf einen reichen und zärtlichen Mann trifft, dessen Frau gütig ist, aber keine Kinder hat. Er nimmt das Mädchen zu sich in der Hoffnung, daß sie ihm einen Sohn gebiert; tut sie das, so wird sie in seinem Haus wie eine der Herrinnen behandelt. Sie führt also ein angenehmes Leben und hat eine wunderschöne Zukunft vor sich. Das ist eine glückliche Ehe.

Was ist nun eine Ehe, die rechtzeitig geschlossen wurde?

Sie kommt zustande, wenn ein Freudenmädchen, das noch auf dem Höhepunkt seines Ruhmes steht, einen zufriedenstellenden Ehemann findet. Auf diese Weise kann sie sich vor Mißerfolgen durch verblühende Schönheit und vor der Verachtung aller absichern. Eine solche Ehe ist eine rechtzeitig geschlossene Ehe.

Und wie sieht die Ehe aus Notwendigkeit aus? In dieser Ehe hat das Mädchen nicht heiraten wollen, wurde aber entweder von einer Behörde zur Ehe gezwungen, wurde also erpreßt, oder sie mußte mit ihrer Person eine Schuld bezahlen. Sie hatte also keine Wahl, unabhängig davon, ob der Mann gut ist oder

schlecht. Sie kann nur noch Frieden und ein Dach über dem Kopf erhoffen. Das ist die Ehe aus Notwendigkeit.
Was meine ich mit einer Ehe, die gut endet? Sie kommt zustande, wenn ein nicht mehr ganz junges Freudenmädchen, das allerhand erlebt hat, einen ehrlichen Burschen trifft und sich beide ineinander verlieben. Dann kann sie die Segel setzen, in den Hafen der Ehe segeln und mit ihm bis ins hohe Alter hinein leben. Das ist eine Ehe, die gut endet.
Was schließlich verstehe ich unter einer Ehe, die schlecht endet? Bei dieser Ehe hat sich ein Paar leidenschaftlich verliebt, die Liebe ist dann aber bald abgekühlt. Oder aber die Eltern des Mannes sind schwierig oder seine Frau ist eifersüchtig, so daß er das Mädchen nach einigen Streitereien zurück zu seiner Familie schickt und sein Geld zurückverlangt. Oder aber der Mann wird so arm, daß er sie nicht mehr unterhalten kann, sie aber vermag die Schwierigkeiten eines solchen Lebens nicht zu ertragen, verläßt ihn und nimmt ihren Beruf wieder auf. Das sind die Ehen, die schlecht enden.«
»Was muß ich jetzt tun, wenn ich heiraten will?« fragte Yao Chin.
»Hör mir zu, mein Kind. Eine Ehe ist ein wichtiger Schritt«, begann Frau Liu. »Und du hast ja bereits mit einem Mann geschlafen, so daß du, solltest du noch in dieser Nacht heiraten, keine Jungfrau mehr wärest. Es war ein Fehler, überhaupt hierher zu kommen, aber das war eben dein Schicksal. Und da nun deine Kupplerin sich so viel Mühe gegeben hat, dich aufzuziehen, wird sie dich bestimmt nicht freilassen, bis du nicht für sie etliche Tael Silber verdient hast. Weiter: Wenn du nun heiraten willst, mußt du auch einen guten Mann finden. Du würdest dir ja wohl keinen häßlichen, stinkenden Burschen wünschen, oder? Doch wenn du keine Kunden empfängst, wie willst du dann einen Mann treffen, der dir gefällt? Wenn du es ablehnst, Männer zu empfangen, wird deine Kupplerin gezwungen sein, dich als Konkubine an irgendeinen reichen Mann zu verkaufen. Wieder eine Art von Ehe. Aber dieser Mann könnte alt und häßlich oder ein ungebildeter Flegel vom Land sein, und dann würdest du ein elendes Leben führen müssen. In diesem Fall wäre es besser für dich, man würfe dich in einen Fluß. Deshalb rate ich dir dasselbe wie deine Kupplerin: Empfange deine Kunden. Schön und kulti-

viert, wie du bist, werden sich ordinäre Burschen nicht an dich heranwagen, und so wirst du es nur mit Söhnen aristokratischer Familien zu tun haben, die dir keine Schande antun würden. Auf diese Weise könntest du in deiner Jugend Liebe und Vergnügen genießen und gleichzeitig deiner Kupplerin in ihrem Geschäft helfen. Du wirst außerdem einiges auf die Seite legen können, so daß du später auf niemanden angewiesen bist. Wenn du dann, in fünf oder zehn Jahren, jemanden triffst, den du magst, werde ich gern deine Heiratsvermittlerin sein und dir eine großartige Hochzeit ausrichten. Bis dahin wird auch Frau Wang bereit sein, dich zu entlassen. Wäre das nicht das Beste für beide Parteien?«

Als Yao Chin lächelte und kein Wort sagte, wußte Frau Liu, daß sie sie überzeugt hatte.

»Ich habe dir einen ganz vernünftigen Rat gegeben«, schloß sie. »Du wirst mir dafür noch dankbar sein.« Dann stand sie auf und ging.

Frau Wang, die hinter der Tür lauschte, hatte jedes Wort gehört; und als Yao Chin jetzt Frau Liu hinausbegleitete und dort auf ihre eigene Kupplerin stieß, zog sie sich errötend in ihr Zimmer zurück. Die beiden Kupplerinnen gingen in das vordere Zimmer des Hauses und setzten sich.

»Sie ist ein sehr hartnäckiges Mädchen«, sagte Frau Liu. »Doch dank meiner Überzeugungskraft schmilzt nun das Eis. Verliere also keine Zeit und finde einen neuen Kunden für sie, jetzt wird sie mitmachen; ich komme dann wieder, um dir zu gratulieren.«

Frau Wang bedankte sich überschwenglich bei ihrer Freundin und bewirtete sie mit Wein und auserlesenen Speisen.

Nach ihrem Gespräch mit Frau Liu empfing Yao Chin willig die Kunden; bald wollten so viele mit ihr schlafen, daß sie keinen freien Augenblick mehr hatte. Sie wurde so berühmt, daß Frau Wang zehn Tael Silber für eine Nacht mit ihr verlangte. Doch trotz dieses Preises kämpften die Männer noch um sie. Frau Wang war überglücklich, da sie sah, wieviel Geld das Mädchen einbrachte, und Yao Chin suchte fieberhaft nach einem Mann, in den sie sich verlieben könnte, fand aber keinen. Wie sagt doch das Sprichwort: Es ist leichter, ein Juwel von unschätzbarem Wert als einen richtigen Liebhaber zu finden.

Nun taucht in unserer Geschichte ein Mann namens Chu auf, der vor den Chingpoo-Toren in Hangchow einen Ölladen besaß. Drei Jahre zuvor hatte er einen jungen Flüchtling aus Kaifeng namens Chin Chung adoptiert. Die Mutter des Jungen war gestorben, als dieser noch ein Knabe war; und als er dreizehn geworden war, verließ ihn sein Vater, um Mönch im Tien Chu-Kloster zu werden. Der Alte Chu, ein kinderloser Witwer, behandelte Chin Chung wie seinen eigenen Sohn, ließ ihn seinen Namen auf Chu Chung ändern und sorgte dafür, daß er in seinem Laden ein Handwerk erlernte. Zu Anfang ging alles gut. Doch dann bekam der Alte Chu Schwierigkeiten mit seinen Nieren, konnte nicht mehr arbeiten und mußte die ganze Zeit entweder sitzen oder liegen. Also stellte er für sein Geschäft einen Handelsgehilfen namens Hsin Chuan ein.

Vier Jahre waren im Nu vergangen, und aus Chung war ein gutaussehender Bursche von siebzehn Jahren geworden. Obwohl er jetzt volljährig war, machte er keine Anstalten zu heiraten. Nun lebte im Haushalt ein Mädchen namens Orchidee, das schon mehr als zwanzig war. Sie hatte ein Auge auf ihn geworfen und schon mehrmals versucht, ihn zu verführen; aber er war ein ehrlicher Mann. Überdies war sie eine häßliche Schlampe, und er hatte nicht das geringste Interesse an ihr. Die eine Partei war also willig, die andere nicht.

Als Orchidee sah, daß sie auf den jungen Mann keinen Eindruck machen konnte, konzentrierte sie sich auf den Gehilfen Hsin Chuan. Der, ein lediger Mann von fast vierzig Jahren, schluckte den Köder sofort und schlief heimlich mit dem Mädchen. Weil sie Chung aber mehrmals in flagranti ertappt hatte, glaubten sie, er sei ihnen im Wege. So beschlossen sie, ihn vom Alten Chu rauswerfen zu lassen.

Also beklagte sich Orchidee – ein Bild beleidigter Unschuld – eines Tages beim Alten Chu: »Herr Chung hat mehrmals versucht, mich zu verführen. Er ist ein schlechter junger Mann.«

Da sich auch der Alte Chu mit dem Mädchen vergnügt hatte, verspürte er einen Stich von Eifersucht.

Dann stahl Hsin Chuan Silber aus dem Laden.

»Herr Chung hat draußen Würfel gespielt«, sagte er zu dem alten Mann.»Er hat dazu schon mehrmals Geld aus der Kasse genommen.«

Erst wollte ihm der Alte Chu nicht glauben. Da er jedoch langsam senil wurde, vermochten Orchidee und Hsin ihn schließlich von Chungs Schuld zu überzeugen. Er ließ Chung zu sich kommen und beschimpfte ihn wüst.
Chung war gescheit genug, zu begreifen, daß er dies alles Orchidee zu verdanken hatte. Allerdings würde jeder Versuch, seine Unschuld zu beweisen, nur Unannehmlichkeiten heraufbeschwören und, sollte der Alte Chu ihm keinen Glauben schenken, alles nur noch schlimmer machen. Daher schlug er einen anderen Weg ein.
»Das Geschäft geht gut genug, um sowohl Herr Hsin als auch mich zu ernähren«, sagte er zum Alten Chu. »Er soll also auf den Laden aufpassen, und ich gehe auf die Straße, um Öl zu verkaufen. Das Geld, das ich jeden Tag verdiene, wird unseren Umsatz verdoppeln.«
Der alte Mann wollte schon sein Einverständnis geben, als sich Hsin Chuan einmischte:
»Es geht ihm gar nicht darum, Straßenverkäufer für uns zu werden«, sagte er. »Nachdem er sich jahrelang Geld zusammengestohlen hat, möchte er ein eigenes Geschäft aufziehen, damit er heiraten und eine Familie gründen kann.«
»Ich habe ihn wie einen eigenen Sohn behandelt, doch er zeigt keinerlei Dankbarkeit«, seufzte der Alte Chu. »Der Himmel soll ihn verfluchen! Also gut. Da er nicht mein Sohn ist, und wir offensichtlich nicht miteinander auskommen können, lasse ich ihn am besten ziehen.«
Er gab Chung drei Tael Silber und befahl ihm, sein Haus zu verlassen. Er gestattete ihm aber, seine Kleider und sein Bettzeug mitzunehmen – ein Beweis für sein gutes Herz. Als Chung sah, daß sein Adoptivvater ihn nicht behalten wollte, verbeugte er sich viermal, weinte bitterlich und ging.
Als Chungs Vater sich seinerzeit zum Tien-Chu-Kloster aufmachte, hatte er seinem Sohn sein Ziel nicht verraten. Sobald der Junge nun das Haus des Alten Chu verlassen hatte, mietete er sich ein Zimmer bei der Chungchan-Brücke, stellte dort sein Gepäck unter, kaufte ein Vorhängeschloß, versperrte die Tür und wanderte durch die Straßen und Gassen auf der Suche nach seinem Vater. Nach einigen Tagen aber mußte er die Suche aufgeben. Da er in den vier Jahren im Hause des Alten Chu redlich gewesen war, besaß er nun wirklich nur die drei Tael

Silber, die er zum Abschied bekommen hatte. Nachdem er sich lange Zeit das Gehirn zermartert hatte, was er nun tun solle, kam er zu dem Schluß, daß der Ölhandel das einzige Geschäft sei, von dem er etwas verstehe. Und da jeder Besitzer eines Õlladens ihn kannte, würde er in diesem Handel die besten Chancen haben. Er kaufte sich also eine Stange und zwei Fässer und gab das restliche Geld für Öl aus.

Der Kaufmann, der dem Alten Chu Öl verkaufte, wußte, daß Chung ein ehrlicher Bursche war und hatte Mitleid mit ihm. So stattete er ihn mit dem besten Öl aus und wog es ihm auch so großzügig aus wie keinem anderen. Also konnte auch Chung seinen Kunden gegenüber großzügig sein. Er verkaufte bald mehr Öl als die anderen Straßenhändler und hatte jeden Tag einen guten Verdienst. Dennoch lebte er sehr bescheiden und sparte sein Geld. Das einzige, was ihm Gedanken machte, war das Schicksal seines Vaters.

»Mein Adoptivvater hat meinen Namen in Chu umgeändert«, sagte er zu sich. »Wie sollen die Leute wissen, daß mein wirklicher Name Chin ist? Sollte mein Vater nach mir suchen, so wird er mich nie finden.«

So beschloß er, seinen Familiennamen wieder zu ändern.

Wenn ein Herr höherer Klasse seinen Namen ändern will, dann macht er eine Eingabe bei der Regierung, oder er benachrichtigt das Ministerium für Zeremonien oder die Kaiserliche Akademie; dann wird sein neuer Name auf eine Beamtenliste gesetzt und so jedem zur Kenntnis gebracht. Doch wie soll einer, der bloß auf der Straße Öl verkauft, den Menschen zur Kenntnis bringen, daß er seinen Namen geändert hatte? Chung fand einen Weg. Auf eines seiner Ölfässer schrieb er mit großen Zeichen »Chin« und auf ein anderes »Kaifeng«, so daß jeder sofort über seinen Familiennamen und seinen Geburtsort Bescheid wußte. Und so kannten ihn die Leute allmählich nur noch als Chin, den Straßenverkäufer von Öl.

Es war gerade der Frühling angebrochen, und das Wetter war weder zu heiß noch zu kalt. Chung hörte, daß im Chao-Ching-Kloster ein feierlicher Gottesdienst abgehalten werden solle und nahm an, daß man dort viel Öl benötigen werde. Also trug er seine Fässer zum Kloster. Und die Mönche, die ihn dem Namen nach kannten und sahen, daß sein Öl besser und billiger war als das aller anderer Verkäufer, kauften ihm alles

ab. Neun Tage hintereinander brachte Chung so seine Ware zum Kloster.
Am neunten Tag, als Chin seine leeren Fässer aus dem Kloster hinaustrug, war schönes Wetter, und viele Menschen standen draußen und erfreuten sich an der herrlichen Landschaft. Auch Chin ging am Seeufer entlang und erlabte sich am Anblick der Pfirsichblüten und Weiden, an den bemalten Barken mit ihren Flöten- und Trommelspielern, die über den See fuhren. Schließlich setzte er seine Stange mit den Fässern auf einer Lichtung zur Rechten des Klosters ab und ließ sich auf einem Felsen nieder, um sich auszuruhen. Über dem See stand ganz in der Nähe ein Haus. Hinter einem Zaun mit vergoldetem Tor wuchs, von einer zinnoberroten Brüstung umgeben, Zwergbambus. Aus diesem Haus kamen nun einige Männer mit Mützen, begleitet von einem Mädchen. Als sie das Tor erreicht hatten, verbeugten sich die Männer, während das Mädchen zurückging.
Chin konnte seinen Blick nicht von dem Mädchen losreißen. Noch nie im Leben hatte er ein Mädchen von derart erlesener Schönheit gesehen. Wie im Traum konnte er sich nicht von der Stelle rühren. Da er keinerlei Erfahrungen mit Freudenmädchen hatte, überlegte er gerade noch, wem dieses Haus wohl gehören könne, als eine Frau mittleren Alters und eine Dienerin an der Tür erschienen.
»Gerade wollte ich jemanden ausschicken, etwas Öl zu kaufen!« rief die Frau, als sie die Fässer erblickte, »und siehe, da ist schon ein Straßenverkäufer! Kaufen wir es doch gleich von ihm.«
Die Dienerin begab sich zu Chin und fragte:
»Verkaufen Sie Öl?«
»Im Augenblick habe ich leider keins, Herrin«, erwiderte Chin. »Aber ich kann Ihnen morgen welches bringen.«
Die Dienerin konnte lesen, und als sie die Zeichen auf den Fässern sah, berichtete sie ihrer Herrin: »Der Name dieses Ölverkäufers ist Chin.«
Die Frau hatte schon von dem ehrlichen Straßenverkäufer Chin gehört.
»Wir brauchen jeden Tag Öl«, sagte sie zu ihm. »Wenn Sie es hierher bringen, kaufe ich es Ihnen ab.«
»Danke, Herrin«, erwiderte Chin, »ich komme bestimmt.«

Dann ging die Frau mit ihrer Dienerin ins Haus zurück.
»Wie gern wüßte ich, in welcher Beziehung diese Frau zu dem Mädchen steht!« dachte Chin. »Ganz gleich, ob ich etwas verdiene oder nicht. Ich werde jeden Tag herkommen, nur um das Mädchen zu sehen.«
Er war gerade dabei, seine Stange auf die Schulter zu heben, als vor dem vergoldeten Tor eine Sänfte mit einem Baldachin aus blauer Seide anhielt. Die Sänfte wurde heruntergelassen, und die zwei Lakaien, die sie begleitet hatten, gingen ins Haus. »Merkwürdig«, dachte Chin. »Wen wollen sie denn abholen?«
Doch da kamen schon zwei Dienerinnen, die einen karmesinroten Teppich und eine mit Mosaik ausgelegte Kiste aus Bambus hinaustrugen. Beides gaben sie den Sänftenträgern, die sie unter den Sitz steckten. Dann erschien das wunderschöne Mädchen und hinter ihr die beiden Lakaien, von denen einer eine Lyra trug, während von der Hand des anderen Schriftrollen und eine Flöte aus Jaspis herabhingen. Das Mädchen bestieg die Sänfte, und die Träger schlugen den gleichen Weg ein, den sie gekommen waren, während eine Dienerin und die Lakaien hinterhergingen. Als Chin das schöne Mädchen zum zweiten Mal und diesmal aufmerksamer beobachtet hatte, machte er sich noch mehr Gedanken, wer sie wohl sein könnte. Dann schlenderte er, die Stange über der Schulter, langsam davon.
Nach wenigen Schritten schon hatte er eine Schenke am Seeufer erreicht. Er trank selten, doch der Anblick des Mädchens hatte ihn mit angenehmer Melancholie erfüllt. Also setzte er Stange und Fässer ab, begab sich in die Schenke und setzte sich an einen Tisch.
»Erwarten Sie jemanden?« fragte ihn der Wirt, »oder wollen Sie allein trinken?«
»Ich bin ganz allein«, erwiderte Chin. »Bringen Sie mir den besten Wein, den Sie haben, und einige frische Nüsse.«
Als der Wirt ihm Wein eingoß, fragte Chin:
»Wem gehört das Haus dort mit dem vergoldeten Tor?«
»Das ist das Haus des Fürsten Chi«, lautete die Antwort. »Jetzt lebt dort Frau Wang.«
»Und wer ist das Mädchen, das gerade die Sänfte bestiegen hat?«

»Das ist das berühmte Freudenmädchen Yao Chin. Die Leute nennen sie die Blumenkönigin. Sie stammt aus Kaifeng und kam hierher mit dem Flüchtlingsstrom. Sie kann verschiedene Instrumente spielen und tanzen und außerdem spielt sie Schach. Sie ist eine hervorragende Schönschreiberin und Malerin. Und im Bett kennt sie solche Kunststücke, daß auch der anspruchsvollste Mann zufriedengestellt wird. Dafür empfängt sie aber auch nur noble Kunden. Eine Nacht mit ihr kostet mindestens zehn Tael Silber. Früher lebte sie vor den Yungching Toren, doch das Haus war viel zu klein. Deshalb lieh ihr Fürst Chi, der ein guter Freund von ihr ist, das Haus mit Garten.«

Als Chin hörte, daß das Mädchen auch aus dem Norden stammte wie er, wurde er an seine alte Heimat erinnert und fühlte sich noch mehr zu ihr hingezogen. Er trank einige Becher, zahlte, nahm seine Stange auf und ging seines Weges.

»Wie schade, daß ein so schönes Mädchen zum Freudenmädchen werden mußte!« dachte er. »Allerdings«, überlegte er lächelnd, »hätte ich sie sonst je gesehen? Das Leben ist so kurz ... Wenn ich dieses Mädchen nur eine Nacht in meinen Armen halten könnte, dann würde ich glücklich sterben. Aber selbst wenn ich den ganzen Tag von früh bis spät Öl verkaufen würde, käme ich doch nur auf ein paar Silbermünzen. Außerdem – alle ihre Freunde sind junge Adlige. Sie würde mich abweisen, selbst wenn ich genügend Silber gespart hätte, weil ich nur einer bin, der auf der Straße Öl verkauft.«

Doch dann überlegte er weiter:

»Ich habe gehört, daß die Kupplerinnen in solchen Häusern für Geld alles tun. Sie würden sogar einen Bettler einlassen, wenn er nur zahlen kann. Warum also nicht einen ehrbaren Kaufmann? Ja, wenn ich genug Silber hätte, würde sie mich bestimmt als Kunden akzeptieren! Die Frage ist – wie komme ich an so viel Geld?«

So murmelte er den ganzen Weg bis nach Hause vor sich hin, und seine Phantasie kannte keine Grenzen.

Doch wo ein Wille ist, ist auch ein Weg! Nach langen Überlegungen faßte er einen Entschluß.

»Ab morgen werde ich jeden Verdienst, abzüglich der Anschaffungskosten, beiseite legen«, schwor er sich. »Wenn ich eine Silbermünze pro Tag verdiene, habe ich in einem Jahr drei

Tael und sechzig Silbermünzen; und in drei Jahren werde ich genug gespart haben. Wenn ich zwei Silbermünzen pro Tag verdiene, werde ich nur anderthalb Jahre brauchen. Verdiene ich noch mehr, so wird ein Jahr genügen.«
So erreichte er in Gedanken versunken sein Zimmer. Doch nach den Tagträumen, denen er sich auf der Straße hingegeben hatte, erfüllte ihn der Anblick seines Bettes mit tiefer Melancholie; ohne Abendessen legte er sich hin. Der Schlaf aber wollte nicht kommen, und so warf er sich die ganze Nacht hin und her und dachte an das wunderschöne Mädchen.
Bei Sonnenaufgang stand Chin auf, frühstückte, füllte seine Fässer mit Öl und trug sie zum Hause der Frau Wang. Frau Wang war gerade aufgestanden und gab der Dienerin Anweisungen zum Einkauf. Chin erkannte ihre Stimme und rief sie beim Namen.
Als die Kupplerin sah, wer dort stand, lachte sie.
»Der gute Mann hat also sein Wort gehalten!« sagte sie.
Dann ließ sie ihn hereinkommen und kaufte einen Krug Öl – alles in allem etwa fünf Kätti. Sie schlug ihm einen guten Preis vor, und als er davon Abstand nahm zu feilschen, war sie ganz zufrieden mit ihm.
»Dieser Krug hält nicht länger als zwei Tage«, sagte sie. »Wenn du jeden zweiten Tag kommst, kaufe ich von keinem anderen.«
Chin willigte ein, hob die Stange auf die Schulter und ging davon, betrübt, daß es ihm nicht gelungen war, einen Blick auf das Mädchen zu werfen. Trotzdem war er glücklich, weil er Frau Wang als ständige Kundin gewonnen hatte, denn das bedeutete, daß er die Blumenkönigin doch das nächste oder vielleicht übernächste Mal sehen würde. Dennoch – diesen ganzen langen Weg wegen einer einzigen Kundin zurückzulegen, war ein schlechtes Geschäft.
»Das Kloster Chao Ching ist nicht weit von hier«, dachte er. »Zwar halten die Mönche heute keinen Gottesdienst, aber Öl brauchen sie bestimmt trotzdem. Am besten gehe ich mit meinen Fässern auch dorthin. Wenn ich mehrere Kunden zugleich gewinne, kann ich mein ganzes Öl in einem einzigen Rundgang verkaufen.«
Die Mönche waren froh, ihn wieder zu sehen. Sie kauften bei ihm, und Chin machte mit ihnen aus, jeden zweiten Tag Öl zu

bringen. Da es ein gerader Tag war, beschloß er, sein Öl an jedem geraden Tag hierher zu bringen und es an ungeraden Tagen in der Stadt zu verkaufen. So begab sich Chin jedesmal, wenn er die Stadt verließ, direkt zu Frau Wang. Manchmal erblickte er die Blumenkönigin, manchmal aber auch nicht. Sah er sie nicht, so wurde er noch trauriger, denn dann brannte sein Verlangen nach ihr um so stärker.

Inzwischen kannte jeder im Haus von Frau Wang Chin, den Ölverkäufer. Ein Jahr war bald vergangen und Chin hatte Tag für Tag etwas Silber auf die Seite gelegt – manchmal drei Münzen, dann wieder nur zwei, mindestens aber eine. Mit der Zeit sammelte sich so bei ihm ein großes Paket mit Silber an – wieviel es war, wußte er selber nicht.

Eines Tages – es war ein gerader Tag, und der Regen war so stark, daß Chin seinen Geschäften nicht nachgehen konnte – schaute er das Silberpaket zufrieden an und beschloß, es wiegen und feststellen zu lassen, wieviel es war. Er nahm einen Regenschirm, ging zum Silberschmied auf der anderen Seite der Straße und fragte ihn, ob er ihm seine Waage leihen könne.

»Wieviel Silber kann ein Ölverkäufer von der Straße schon haben?« dachte der Silberschmied und schaute ihn verachtungsvoll an. »Die kleine Waage für weniger als fünf Tael wird mehr als genug für ihn sein.«

Doch als Chin sein Paket aufgemacht und sein Silber gezeigt hatte, betrachtete ihn der Silberschmied, der ein Speichellecker war, mit ganz anderen Augen. »Es ist schon wahr, was man sagt«, dachte er. »Man sollte nie nach dem äußeren Schein urteilen.«

Rasch stellte er seine Waage auf und holte alle seine Gewichte, schwere wie leichte. Und Chin stellte fest, daß er genau sechzehn Tael besaß, anders ausgedrückt, einen ganzen Kätti.

»Wenn ich drei Tael als Betriebskapital beiseite lege«, dachte er, »werde ich mehr als genug Geld für eine Nacht im Freudenhaus haben. Doch wenn ich ihnen das ganze Kleingeld anbiete, werden sie mich auslachen. Da ich ohnehin schon hier bin, lasse ich es in Barren schmelzen. Das wird einen besseren Eindruck machen.«

Er wog zehn Tael für einen großen Barren ab und einen Tael

und sechzig Münzen für einen kleinen, bezahlte dann den Silberschmied mit einer Münze, die er den übriggebliebenen vier Tael und zwanzig Münzen entnahm. Darauf gab er einige Dutzend Münzen für neue Schuhe, Strümpfe und eine neue Mütze aus, ging nach Hause, wusch sich, stärkte sein Gewand und kaufte schließlich noch persische Duftessenz, mit der er seine Kleider besprühte. Am nächsten Tag zog er sich adrett an, steckte das Silber in seinen Ärmel, verschloß seine Tür und machte sich mit einem Gefühl, als gehe er auf Wolken, auf den Weg zu Frau Wangs Haus. Am Tor jedoch verließ ihn der Mut.

»Normalerweise komme ich mit meinen Ölfässern hier her. Wie kann ich Frau Wang klarmachen, daß ich heute als Kunde komme?« fragte er sich.

Als er noch zögernd da stand, quietschte das Tor, und Frau Wang kam heraus.

»Machen Sie heute keine Geschäfte, Herr Chin?« fragte sie. »Wo wollen Sie denn in diesen feinen Kleidern hin?«

Chin mußte seinen ganzen Mut aufbringen, um vorzutreten und sich vor ihr zu verbeugen. Frau Wang erwiderte seine Begrüßung.

»Ich bin mit dem einzigen Ziel gekommen, Sie zu sehen, Herrin.«

Die Kupplerin hatte genug Erfahrung, um seine Gedanken erraten zu können.

»Da hat sich Chin Chung aber prächtig ausstaffiert, um mir einen Besuch abzustatten«, dachte sie. »Er muß bei einem meiner Mädchen Feuer gefangen haben. Ein Millionär wird er ja nicht gerade sein, aber wir werden ihm genug aus der Tasche ziehen, um Knoblauch kaufen zu können.«

Und so fragte sie strahlend:

»Wollen Sie uns Ihre Gunst schenken, Herr Chin?«

»Ich hätte eine tollkühne Bitte an Sie, weiß aber nicht, wie ich anfangen soll.«

»Haben Sie keine Angst. Kommen Sie mit und nehmen Sie Platz, dann können wir uns bequem unterhalten.«

Frau Wang führte ihn, da er heute als Kunde kam, ins Empfangszimmer, ließ ihn den Ehrenplatz einnehmen und rief nach Tee. Die Dienerin erschien mit dem Tee, senkte, überrascht vom Anblick des Straßenverkäufers, den Kopf und kicherte.

»Was lachst du da?« fuhr Frau Wang sie an. »Wo sind deine Manieren?«
Da nahm sich die Dienerin zusammen und trug die benutzten Teetassen hinaus.
»Nun, Herr Chin«, fragte Frau Wang, »was wollten Sie sagen?«
»Ich wollte nur eine ihrer jungen Frauen einladen, eine Tasse Tee mit mir zu trinken.«
»Nur zum Teetrinken? Sicherlich wollen Sie mit ihr auch schlafen«, erklärte die Kupplerin. »Sie sind ein ehrlicher Bursche – wie sind solche romantischen Vorstellungen in Ihrem Kopf entstanden?«
»Ich habe davon seit langer Zeit geträumt.«
»Nun gut, Sie kennen alle meine Mädchen. Welche gefällt Ihnen am besten?«
»Ich möchte eine Nacht mit der Blumenkönigin verbringen.«
»Reden Sie keinen Unsinn! Wollen Sie mich auf den Arm nehmen?« sagte Frau Wang ärgerlich.
»Ich meine es ganz ernst«, sagte Chin.
»Sogar der Nachttopf hat Ohren. Haben Sie nicht gehört, was das kostet? Ihr ganzes Öl würde nicht ausreichen, um eine halbe Nacht mit ihr zu bezahlen! Suchen Sie sich lieber eine andere aus.«
»Darf ich wissen, wieviel tausend Tael Sie für eine Nacht mit der Blumenkönigin verlangen?«
Als Frau Wang sah, daß er seine Späße trieb, erhellte sich ihr Gesicht.
»So viel nun auch wieder nicht!« sagte sie lachend. »Nur zehn Tael plus verschiedener Nebenkosten.«
»Dann ist es kein Problem«, erwiderte Chin und entnahm seinem Ärmel einen großen Barren glänzenden Silbers.
»Hier sind gute zehn Tael für Sie. Und hier«, dabei überreichte er ihr den kleinen Barren, »sind etwa zwei Tael, für die ich Sie bitten möchte, eine Mahlzeit zu bereiten.«
Frau Wang war nicht imstande, der Verlockung des großen Barrens zu widerstehen. Da sie aber befürchtete, der Ölverkäufer habe nur aus einer momentanen Laune heraus gehandelt und werde seine Großzügigkeit später bereuen, wollte sie ihn noch weiter ausfragen.

»Für einen kleinen Kaufmann ist es nicht leicht, zehn Tael Silber zu sparen«, sagte sie. »Überlegen Sie es sich genau.«
»Mein Entschluß ist gefaßt«, erwiderte Chin. »Machen Sie sich keine Sorgen, Herrin.«
Frau Wang steckte sich das Silber in den Ärmel und sagte: »Es gibt aber noch gewisse Schwierigkeiten.«
»Welche Schwierigkeiten kann es geben, wenn Sie die Besitzerin dieses Freudenhauses sind?«
»Die jungen Herren, welche die Blumenkönigin besuchen, stammen alle aus reichen und aristokratischen Familien. Sie sind auch alle Scholaren; kein einziger gewöhnlicher Mann ist dabei. Wenn die Blumenkönigin erkennt, daß Sie der Ölverkäufer sind, wird sie Sie niemals empfangen.«
»Bitte finden Sie irgendeinen Weg, daß sie mich empfängt, Herrin!« bat er. »Wenn Sie mir helfen, werde ich Ihre Güte nie vergessen.«
Als Frau Wang sah, wie entschlossen er war, runzelte sie nachdenklich die Stirn.
»Ich hab's!« rief sie plötzlich aus. »Mit etwas Glück könnten Sie Erfolg haben; sollte es aber mißlingen, machen Sie bitte nicht mich dafür verantwortlich. Die Blumenkönigin ist noch nicht von einem Fest im Hause des Akademiemitglieds Li zurückgekehrt, zu dem sie gestern aufgebrochen ist. Für heute hat Fürst Huang sie zu einer Bootsfahrt eingeladen. Morgen soll sie mit dem Dichter Chang an einer Dichterrunde teilnehmen, und für übermorgen hat sie der Sohn des Ministers Hahn zu sich bestellt. Am besten kommen Sie einen Tag danach und vermeiden in der Zwischenzeit auch, Ihr Öl bei uns zu verkaufen. Und noch etwas: In diesem gewebten Gewand sehen Sie nicht wie ein Kunde der oberen Klasse aus. Sie sollten Seide oder Satin tragen, damit die Dienerinnen Sie nicht erkennen und mir das Märchen, das ich über Sie erzählen werde, glauben.«
»Ich werde an Ihre Worte denken«, versprach Chin und verabschiedete sich.
Drei Tage lang verkaufte er kein Öl, sondern stolzierte in einem gebrauchten Seidengewand, das er in einem Leihhaus erstanden hatte, auf den Straßen umher und übte sich darin, wie ein Scholar und Herr aus der Oberklasse aufzutreten.
Am vierten Tag ging Chin so früh zum Haus der Frau Wang, daß er die Tore noch geschlossen fand. Er beschloß, einen

Spaziergang zu machen. Als er zurückkam, stellte er fest, daß die Tore bereits geöffnet waren. Doch davor stand eine Kutsche, und viele Bedienstete saßen im Hof herum. Chin war, obwohl ein einfacher Bursche, nicht dumm. Statt hineinzugehen, winkte er dem Kutscher zu.
»Wem gehört diese Kutsche?« fragte er.
»Dem Minister Han«, war die Antwort. »Wir sind gekommen, unseren jungen Herrn abzuholen.«
Chin begriff, daß der Sohn des Ministers das Freudenhaus immer noch nicht verlassen hatte. Also ging er in ein Gasthaus und aß dort. Als er erneut zum Haus von Frau Wang kam, war die Kutsche verschwunden. Er ging durch die Tore und begegnete drinnen der Kupplerin.
»Es tut mir sehr leid«, sagte sie zu ihm. »Aber die Blumenkönigin ist heute nicht frei. Gerade hat Herr Han sie gebeten, mit ihm in das Östliche Dorf zu fahren und die ersten Pflaumenblüten zu genießen. Er ist ein so alter Kunde, daß ich es ihm nicht abschlagen konnte. Und morgen will er sie zu einem Schachwettbewerb ins Ling-Yi-Kloster mitnehmen. Auch Fürst Chi hat mehrmals nach ihr gefragt, und da er unser Hausherr ist, können wir auch ihm schwer absagen. Er bleibt dann oftmals drei oder vier Tage hintereinander hier, so daß ich nicht weiß, wann er wegfahren wird. Wenn Sie wirklich eine Nacht mit ihr verbringen wollen, müssen Sie noch etwas warten. Andernfalls kann ich Ihnen auch das Geld zurückgeben.«
»Mir macht es nichts aus, auch zehntausend Jahre zu warten, wenn ich sie nur am Ende bekommen kann«, erwiderte Chin.
»Dann ist ja alles in Ordnung«, sagte die Kupplerin. »Und noch etwas, Herr Chin«, fügte sie hinzu, als er sich anschickte, wegzugehen. »Kommen Sie das nächste Mal etwa um vier Uhr nachmittags und nicht am frühen Morgen. Dann kann ich Ihnen sagen, ob sie belegt ist oder nicht. Ja, je später Sie kommen, desto besser.«
An diesem Tag tätigte Chin keinerlei Geschäfte. Am nächsten Tag jedoch verkaufte er wieder Öl, wobei er darauf achtete, einen großen Bogen um die Chientang Tore zu machen. Und jeden Abend, wenn er mit seiner Arbeit fertig war, zog er sich ganz adrett an und ging zum Hause der Frau Wang. Über einen

Monat schon hatte er vergeblich gewartet, nie war die Blumenkönigin frei.

Am fünfzehnten Tag des zwölften Monats gab es einen schweren Schneefall, und als es aufgehört hatte zu schneien, pfiff der Wind über die Schneewehen, bis sie sich in Eis verwandelt hatten. Zwar herrschte bitterer Frost, der Boden jedoch war trocken. Chin ging den ganzen Tag seinem Handel nach, dann zog er sich wie gewöhnlich an und ging zu Frau Wang. Diesmal begrüßte sie ihn mit strahlendem Gesicht:

»Heute haben Sie neunundneunzig Prozent Chancen!« sagte sie.

»Und worin liegt die Unsicherheit?« fragte er.

»Sie ist immer noch nicht zurückgekehrt.«

»Sie kommt aber zurück?«

»Marschall Yu hat sie heute in sein Haus eingeladen, um den Schnee zu genießen. Anschließend wollten sie im Boot auf dem See feiern. Der Marschall ist siebzig Jahre alt und wird bestimmt nicht mit ihr schlafen wollen. Er versprach mir, sie noch heute abend nach Hause zu schicken. Warten Sie doch bei einer Tasse Tee in ihrem Zimmer.«

Frau Wang führte ihn durch mehrere Gänge zu einem sauberen, gut gelüfteten Gebäude, in dessen einem Flügel zwei Zimmer lagen. Auf der linken Seite lag das Zimmer der Dienerin, in dem es nur ein Bett, einen Tisch und Stühle gab. Auf der rechten Seite hingegen lag das Schlafzimmer der Blumenkönigin, das verschlossen war. Die Mitte des Empfangszimmers schmückte das Bild eines berühmten Malers, und in einem bronzenen Weihrauchgefäß auf dem Tisch brannte Ambra. Die Schreibtische zu beiden Seiten des Zimmers waren mit kunstvollen Raritäten überladen, an den Wänden hingen kalligraphisch aufgezeichnete Verse. Beschämt, daß er kein Scholar war, wagte Chin kaum einen Blick auf sie zu werfen.

»Wenn ihr Empfangszimmer schon so elegant ist, wie muß erst ihr Schlafzimmer sein!« dachte er. »Und heute Nacht werde ich es rückhaltlos genießen! Zehn Tael für eine solche Nacht, wahrhaftig, das ist nicht zuviel.«

Frau Wang bat ihn, Platz zu nehmen und übernahm selbst die Rolle der Gastgeberin. Eine Dienerin brachte eine Lampe und stellte auf einen quadratischen Tisch sechs Schüsseln mit Nüssen und Keksen, einen Korb voll Delikatessen und blumigen Wein. Die Kupplerin reichte ihm den Wein. Doch Chin war kein starker Trinker und wurde außerdem zu sehr von seiner Leidenschaft bedrängt; daher vermochte er noch nicht einmal einen Becher zu leeren.

»Ich nehme an, Sie haben Hunger«, sagte Frau Wang. Und sofort brachte eine Dienerin zwei Schüsseln Reis und eine Terrine Suppe. Frau Wang war eine feste Trinkerin. Den Reis rührte sie nicht an, leistete dem jungen Mann jedoch Gesellschaft beim Weintrinken. Nachdem er mit seiner Schüssel fertig war, legte er die Stäbchen nieder.

»Die Nacht ist lang«, sagte Frau Wang. »Essen Sie noch etwas.«

Also aß er den Inhalt der anderen Schüssel noch zur Hälfte.

Bald erschien die Dienerin mit einer Laterne.

»Ihr Bad ist fertig, Herr«, sagte sie.

Obwohl Chin gebadet hatte, bevor er sein Haus verließ, ging er ins Badezimmer, wusch sich und besprühte sich nochmals mit seinem Duftstoff. Dann kehrte er zum Tisch zurück.

Frau Wang befahl, die Speisen abzudecken. Sie behielt nur den Wein zurück und ein kleines Kohleöfchen, um ihn anzuwärmen. Es war bereits dunkel, und die Glocken im Chao-Ching-Kloster hatten aufgehört zu läuten. Doch von der Blumenkönigin war noch immer keine Spur.

Was kann anstrengender sein als Warten? Allmählich verlor Chin alle Zuversicht. Doch Frau Wang schien das für normal zu halten und drängte ihn, weiter zu trinken. So vergingen zwei oder drei Stunden. Dann hörten sie von draußen einen Tumult. Die Blumenkönigin kam zurück! Als die Dienerin ihre Rückkehr verkündete, lief Frau Wang hinaus, um sie zu empfangen, und Chin erhob sich vom Tisch. Yao Chin wurde, ziemlich betrunken, von ihrer Dienerin hereingeführt. Sie blieb an der Türschwelle stehen und blickte mit gläsernen Augen auf die helleuchtenden Kerzen, auf die Becher und Schüsseln auf dem Tisch.

»Wer trinkt hier?« fragte sie.

»Kind«, sagte Frau Wang, »das hier ist Herr Chin, von dem ich dir erzählt habe. Er bewundert dich schon seit langem und hat uns Geschenke überreichen lassen. Da du nie frei gewesen bist, mußte ich ihn einen Monat lang warten lassen. An diesem

Abend bist du aber glücklicherweise frei. Also lud ich ihn ein, um euch zusammen zu bringen.«

»Ich habe noch nie von einem Herrn Chin gehört«, erwiderte Yao Chin. »Ich werde ihn nicht empfangen.«

Frau Wang hob beide Hände, als wolle sie diese Worte nicht hören.

»Er ist ein guter Mann!« erklärte sie.

Also mußte Yao Chin umkehren. Sobald sie jedoch das Zimmer betreten hatte und Chin sah, erkannte sie ihn.

»Ich kenne diesen Mann, Mutter«, sagte sie. »Er ist kein Herr. Wenn ich mich ihm hingebe, werden alle über mich lachen.«

»Kind!« wandte Frau Wang ein. »Das ist Herr Chin, der einen Laden beim Yungchin-Tor hat. Du mußt ihn gesehen haben, als wir in diesem Stadtteil wohnten; daher kennst du sein Gesicht. Er bat mich so inständigst, daß ich ihn kommen ließ. Und nun kann ich mein Wort nicht brechen. Bitte schenke ihm eine Nacht um meinetwillen. Ich weiß, ich hätte es nicht tun sollen. Aber morgen werde ich dich dafür entschädigen.«

Sie schubste Yao Chin ins Zimmer, die einen Knicks vor Chin machte und sich neben ihn setzte. Doch je länger sie ihn betrachtete, um so stärker wurde ihr Verdacht. Schließlich verlangte sie nach Wein.

»Kind, du hast bereits viel zu viel getrunken!« sagte Frau Wang.

Doch Yao Chin hörte nicht auf sie.

»Ich bin nicht betrunken!« erwiderte sie und trank zehn Becher hintereinander.

Völlig betrunken befahl sie der Dienerin, ihre Tür aufzusperren und die Lampe anzuzünden, damit sie sich hinlegen könne. Dann ließ sie ihr Haar fallen, schleuderte ihre bestickten Schuhe weg und warf sich aufs Bett in der festen Absicht, zu schlafen.

»Sie ist ein verzogenes, eigensinniges Mädchen«, sagte Frau Wang verlegen. »Irgend etwas muß heute geschehen sein, was sie aus der Fassung gebracht hat. Mit Ihnen hat das bestimmt nichts zu tun.«

»Ich nehme es ihr nicht übel«, versicherte Chin.

Er trank noch einige Becher und verabschiedete sich. Frau Wang begleitete ihn zum Zimmer von Yao Chin und flüsterte

ihm zu: »Seien Sie bitte nicht zu grob mit ihr. Sie ist vollkommen betrunken.«
Yao Chin rief sie zu: »Steh auf, mein Kind, und zieh dich aus, damit du richtig schlafen kannst.«
Doch Yao Chin schlief bereits ganz fest. Also blieb der Kupplerin nichts anderes übrig, als sie zu verlassen.
Die Dienerin räumte den Tisch auf und schlug vor: »Warum gehen Sie jetzt nicht ins Bett, Herr Chin?«
»Ich möchte gern eine Kanne Tee haben, wenn sich eine auftreiben läßt.«
Die Dienerin brachte eine Kanne starken Tee und verließ dann das Zimmer. Als Chin sich der Blumenkönigin zuwandte, sah er, daß sie auf ihrer seidenen Decke, das Gesicht der Wand zugekehrt, fest schlief. Da er Angst hatte, daß sie sich nach ihrem Trinkgelage eine Erkältung holen könnte, deckte er sie mit einer zweiten Bettdecke vorsichtig zu. Dann schirmte er die Lampe ab, zog seine Schuhe aus und schlüpfte neben die Blumenkönigin, die linke Hand um die Teekanne und die rechte um die Taille des Mädchens gelegt. Er gönnte sich keine Sekunde Schlaf.
Mitten in der Nacht wachte Yao Chin auf: Sie litt an Brechreiz und setzte sich zitternd auf. Chin ließ die Teekanne los und setzte sich auch rasch auf. Sie erbrach sich mehrmals, und er stützte sie dabei mit einer Hand, während er die andere unter ihren Kopf schob, um mit dem Ärmel das Bettzeug zu schützen. Danach bat sie – die Augen noch immer geschlossen – um etwas Tee, um sich den Mund auszuspülen. Alsdann entledigte sich der junge Mann seines beschmutzten Gewandes und warf es in die Ecke. Glücklich, daß der Tee immer noch warm war, goß er das aromatische, starke Getränk in eine Tasse. Nach zwei Tassen fühlte sie sich viel besser und fiel erschöpft wieder in tiefen Schlaf. Chin legte sich wieder neben sie.
Erst morgens wachte Yao Chin auf, blickte sich um und bemerkte, daß jemand neben ihr lag.
»Wer sind Sie?« fragte sie.
»Mein Name ist Chin.«
»Ich war in der letzten Nacht sehr betrunken, nicht wahr?«
Sie hatte nur eine vage Erinnerung an die Geschehnisse dieser Nacht.

»Nicht besonders«, log er.
»Habe ich mich erbrochen?«
»Nein.«
»Dann war es doch nicht so schlimm.«
Nach kurzer Überlegung sagte sie jedoch:
»Nein, ich erinnere mich, daß ich gebrochen und dann etwas Tee getrunken habe. Ich kann das doch nicht geträumt haben.«
»Na ja«, gab Chin zu, »es stimmt schon. Als ich sah, daß Sie zuviel getrunken hatten, hielt ich für Sie eine Kanne heißen Tee bereit. Nachdem Sie sich erbrochen hatten, baten Sie um Tee, und ich habe Ihnen zwei Tassen eingegossen.«
»Habe ich im Bett gebrochen?« fragte Yao Chin verstört. »Wie widerlich!«
»Ich hatte Angst, daß Ihr Bettzeug schmutzig werden könnte und hielt daher meinen Ärmel unter Ihren Kopf.«
»Wo ist Ihr Gewand jetzt?«
»Da drüben.«
»Oh, ich schäme mich so, daß ich Ihre Kleidung beschmutzt habe!«
»Meine Kleidung ist glücklich, daß sie Ihnen dienlich sein konnte.«
»Was für ein netter, rücksichtsvoller Mann«, dachte Yao Chin und Chin gefiel ihr immer mehr.
Es war bereits hell, und das Mädchen verließ das Bett. Plötzlich erkannte sie den Ölverkäufer.
»Sagen Sie mir jetzt die Wahrheit«, verlangte sie, »wer sind Sie und was hat Sie letzte Nacht hierher gebracht.«
»Die Blumenkönigin vermag ich nicht zu belügen«, war die Antwort. »Ich bin Chin Chung, der an Ihrer Tür Öl verkauft.«
Er erzählte ihr, wie er sie zum ersten Mal gesehen, als sie einen Gast zum Tor begleitet hatte. Er sagte ihr auch, wie sehr er sie bewundere und wie er das Geld für eine Nacht mit ihr zusammengespart hatte.
»Ich halte mich für den glücklichsten aller Menschen«, schloß er, »da ich die letzte Nacht neben Ihnen schlafen konnte. Ich bin vollauf zufrieden.«
Yao Chin war sehr gerührt.
»Letzte Nacht war ich viel zu betrunken, um mit Ihnen

schlafen zu können, und so haben Sie Ihr Geld für rein gar nichts ausgegeben«, sagte sie. »Tragen Sie mir das nach?«

»Sie sind meine Göttin«, erwiderte Chin. »Ich fürchte, ich habe gar nicht gut genug auf Sie aufgepaßt und bin sehr glücklich, daß Sie auf mich nicht böse sind. Worauf soll ich noch hoffen?«

»Sie sind ein Geschäftsmann«, sagte sie. »Wenn Sie das Geld verdienen, warum verwenden Sie es nicht darauf, Ihre Familie zu unterhalten? Sie sollten sich nicht in einem Haus wie dem unsrigen zeigen.«

»Ich habe weder Frau noch Kinder», war seine Antwort. »Ich bin ganz allein.«

»Werden Sie wiederkommen?« fragte sie nach einer kleinen Überlegung.

»In dieser Nacht, die ich neben Ihnen verbringen durfte, erfüllte sich der Traum meines Lebens. Wie sollte ich wagen, mehr zu erhoffen?«

»Was für ein wunderbarer Mann!« dachte Yao Chin. »So aufrecht und so ehrlich! Und gütig und rücksichtsvoll zugleich! So ist nur einer unter Tausenden. Wie schade, daß er nur ein Kaufmann ist. Wäre er ein Herr, ich würde ihn gern heiraten.«

Da brachte die Dienerin eine Waschschüssel und zwei Terrinen Ingwersuppe. Chin wusch sich. Da er am Abend zuvor seine Mütze anbehalten hatte, brauchte er sein Haar nicht in Ordnung zu bringen. Er trank etwas Suppe und stand auf, um sich zu verabschieden.

»Gehen Sie noch nicht«, sagte Yao Chin. »Ich möchte mich mit Ihnen unterhalten.«

»Ich bewundere Sie so sehr, daß ich nur zu gern etwas länger hier verweilen würde«, erwiderte er. »Doch ein Mann muß wissen, wo er hingehört und wo nicht. Ich habe mir sehr viel herausgenommen, indem ich gestern abend hierher gekommen bin. Wenn die Leute davon erfahren, ist Ihr Ruf ruiniert. Deshalb verlasse ich am besten Ihr Haus so schnell wie möglich.«

Yao Chin nickte. Dann entließ sie die Dienerin, öffnete schnell ihre Schatzschatulle und entnahm ihr zwanzig Tael Silber.

»Ich habe mich letzte Nacht sehr schlecht benommen«, sagte sie. »Nehmen Sie das für Ihr Geschäft. Sagen Sie aber niemanden, daß ich es Ihnen gegeben habe.«

Begreiflicherweise wollte Chin das Geld nicht nehmen.
»Aber ich verdiene das Geld so leicht«, sagte das Mädchen. »Und das soll Sie für Ihre Güte und Ihr Verständnis letzte Nacht entschädigen. Sie dürfen mir das nicht abschlagen. Und sollten Sie einmal in Geldschwierigkeiten sein, so lassen Sie mich Ihnen bitte helfen. Am besten lassen Sie dieses beschmutzte Gewand hier. Ich werde meiner Dienerin auftragen, es für Sie zu waschen.«
»Machen Sie sich bitte keine Mühe«, erwiderte er. »Ich werde es selbst waschen. Und wie könnte ich von Ihnen Geld annehmen!«
»Sagen Sie das nicht!« antwortete sie. Dann ließ sie das Silber in seinen Ärmel fallen und gab ihm einen kleinen Stubs. Chin sah ein, daß er ihre Bitte nicht abschlagen konnte und nahm mit einer tiefen Verbeugung das Geld an sich. Dann rollte er sein Gewand zusammen und ging an Frau Wangs Tür vorbei aus dem Haus.
»Herr Chin geht schon, Herrin«, rief die Dienerin, als sie ihn sah.
»Warum verlassen Sie uns so früh, Herr Chin?« rief Frau Wang aus ihrem Zimmer.
»Ich habe ein paar geschäftliche Angelegenheiten zu erledigen«, rief er zurück. »Ich werde gelegentlich wiederkommen und mich bei Ihnen bedanken.«
Yao Chin war zwar an dem Ölverkäufer nicht sonderlich interessiert, doch seine Ergebenheit rührte sie. Da sie immer noch unter den Nachwirkungen ihrer Trunkenheit vom Vorabend litt, empfing sie an diesem Tag keine Kunden und blieb im Bett. Erstaunlicherweise beschäftigten sich ihre Gedanken ausschließlich mit Chin.

Kommen wir unterdessen zurück zu dem Alten Chu, der inzwischen ganz ans Bett gefesselt war. Als Hsin Chuan und Orchidee das sahen, trieben sie es ganz offen miteinander – manchmal sogar vor seinen Augen. Das führte natürlich zu Streitigkeiten, so daß die beiden schließlich beschlossen, sich davonzumachen. So verschwanden sie eines Nachts, wobei sie alles Geld aus dem Laden mitgehen ließen.
Am nächsten Morgen entdeckte der Alte Chu den Verlust und bat seine Nachbarn um Hilfe. Sie brachten überall Anschläge

an, eine Untersuchung wurde durchgeführt, doch das alles führte zu nichts. Der alte Mann aber sah nun die ganze Angelegenheit in neuem Licht und bereute, daß er seinerzeit auf Hsin Chuan gehört und Chin vertrieben hatte. Sobald er erfuhr, daß der Junge nahe der Chunganbrücke lebte und seinen Unterhalt als Straßenhändler mit Öl verdiente, beschloß er, ihn zurückzuholen als Stütze für seine alten Tage. Da er aber fürchtete, Chin könne ihm noch böse sein, bat er seine Nachbarn, den Jungen zur Rückkehr zu überreden. Als dieser von Chus Unglück erfuhr, packte er unverzüglich seine Sachen und kehrte zu Chu zurück. Beide weinten beim Wiedersehen.

Der Alte Chu übertrug seinem Adoptivsohn seinen ganzen Besitz; dieser wiederum benutzte die zwanzig Tael Silber, die er von der Blumenkönigin erhalten hatte, um den Laden wieder in Schuß zu bringen. Fortan verkaufte er sein Öl wieder über die Theke und nannte sich Chu Chung.

Es dauerte nicht einmal einen Monat, als sich die Krankheit des Alten Chu verschlimmerte und er schließlich starb. Chung, den wir weiterhin Chin nennen wollen, schlug sich an die Brust und weinte so bitterlich, als ginge es um seinen eigenen Vater. Das Begräbnis, die Totenopfer, die Aufstellung des Sarges auf dem Friedhof der Sippe außerhalb der Chingpo Tore, das alles wurde unter Beachtung der strengsten Regeln durchgeführt, und alle seine Nachbarn lobten Chin deswegen. Als alles vorbei war, widmete er sich wieder seinen Geschäften. Sein Laden bestand schon lange und hatte, bis Hsin Chuans Knauserigkeit die Kunden vertrieb, gute Umsätze gemacht. Und jetzt, da Chin ihn wieder übernommen hatte, kamen auch die alten Kunden wieder, und das Geschäft blühte besser denn je.

Da aber Chin ganz allein war, brauchte er dringend einen Helfer. Eines Tages machte ihn ein Vermittler mit einem Mann von etwas über fünfzig bekannt. Es handelte sich um keinen anderen als Hsin Shan, Yao Chins Vater. Einsam und hilflos waren er und seine Frau einige Jahre von Ort zu Ort gewandert und hatten von der Hand in den Mund gelebt. Als sie aber hörten, daß sich in der südlichen Hauptstadt sehr viele Flüchtlinge aus dem Norden niedergelassen hatten, begaben sie sich auf der Suche nach ihrer Tochter dorthin. Aber niemand wußte etwas von ihr. Bald war das restliche Geld verbraucht, und der

Gasthofbesitzer bedrängte sie jeden Tag, ihre Schulden zu bezahlen. Als sie daher hörten, daß im Ölladen, dessen Besitzer, Herr Chung, auch aus der nördlichen Hauptstadt stamme, ein Helfer gebraucht werde, bat Hsin Shan einen Mittelsmann, ihn zu empfehlen. Da er früher selbst ein Lebensmittelgeschäft besessen hatte, kannte er sich im Geschäft recht gut aus. Chin seinerseits zeigte sich, als er die Geschichte seines Landsmanns gehört hatte, sehr verständnisvoll.

»Da Sie ohnehin nicht wissen wohin, warum bleiben Sie und Ihre Frau nicht bei mir?« schlug er vor. »Schließlich sind wir so etwas wie alte Nachbarn. Sie können die Nachforschungen nach Ihrer Tochter von hier aus fortsetzen.«

Er gab Hsin Shan zwei Schnüre Käsch, damit er seine Rechnung im Gasthof begleichen konnte. Dann brachte Hsin seine Frau zu Chin, der für das Ehepaar ein Zimmer freigemacht hatte. Und mit Zufriedenheit sah er, wie eifrig sie ihm im Laden zur Hand gingen.

Ein weiteres Jahr verflog schnell wie ein Pfeil. Für Chin war es höchste Zeit, sich zu verheiraten, und da er wohlhabend und ehrlich war, boten ihm viele Familien ihre Töchter umsonst an. Doch Chin, der ein solches Zauberwesen wie die Blumenkönigin kennengelernt hatte, war an gewöhnlichen Mädchen nicht interessiert und entschlossen, nur eine wirkliche Schönheit zu heiraten. So verging ein Tag nach dem anderen und von einer Hochzeit war nicht die Rede. Denn wer den Ozean gesehen hat, was sagt dem schon ein schlichter Fluß, und wer auf dem Gipfel eines Berges gestanden hat, der hält nicht viel von Wolken.

Yao Chin aber genoß im Hause von Frau Wang ihren Ruhm und konnte Seide, Satin und erlesene Speisen haben soviel sie nur wollte. Doch immer, wenn etwas schief ging, wenn ihre Bewunderer eifersüchtig wurden und miteinander stritten, oder wenn sie mitten in der Nacht betrunken aufwachte, entsann sie sich des Herrn Chin und fragte sich, ob sie sich wohl jemals wieder begegnen würden.

Ein Jahr später jedoch geschah etwas, das ihr ganzes Leben verändern sollte.

In Linan lebte ein junger Mann namens Wu, achter Sohn Wu Yaos, des Gouverneurs von Fuchow. Dank der Position seines Vaters hatte Herr Wu Geld in Hülle und Fülle. Er liebte das

Würfelspiel, trank und amüsierte sich mit Freudenmädchen. Er hatte von der Blumenkönigin und ihrem Ruf gehört und mehrmals seine Diener geschickt, sie zu holen, damit sie eine Nacht mit ihm verbringe. Doch sie ließ sich ständig entschuldigen, da sie so viel Schlechtes über ihn gehört hatte. Immer wieder erschien er mit anderen Tunichtguten im Hause der Frau Wang, doch Yao Chin lehnte es entschieden ab, ihn zu empfangen.

Bald nahte die Zeit des Frühlingsfestes, wo die Leute ihre Familiengräber besuchten und zu Fuß oder mit der Kutsche die Stadt verließen, um sich an der Natur zu erfreuen. Auch Yao Chin war einige Tage hintereinander so ausgefahren und fühlte sich nun erschöpft. Überdies hatte sie einigen Freunden versprochen, für sie Gedichte zu verfassen und Bilder zu malen. Sie befahl also ihrer Dienerin, allen Besuchern zu sagen, sie sei nicht da, schloß ihre Tür ab, zündete den duftenden Weihrauch an und machte Ordnung auf ihrem Arbeitstisch. Sie hatte gerade einen Pinsel in die Hand genommen, als sie von draußen Rufe hörte – es war Herr Wu, der mit einem Dutzend Rowdys erschienen war und darauf bestand, daß sie ihn zum See begleite. Nachdem er von Frau Wang wieder mal abgewiesen worden war, begann er die Möbel im vorderen Zimmer zu zertrümmern und stürzte dann direkt zu Yao Chins Zimmer, deren Tür er allerdings verschlossen fand.

Die Freudenmädchen hatten einen Trick, unerwünschte Gäste abzuweisen, indem sie ihre Türen von draußen absperren und behaupten ließen, sie wären nicht zu Hause. Doch das konnte man einem einfachen Gemüt weismachen, ein alter Fuchs wie Wu fiel darauf nicht herein. Er befahl seinen Dienern, das Schloß zu zertrümmern und die Tür aufzubrechen. Für Yao Chin gab es nun kein Versteck mehr, und Wu, der sie unflätig beschimpfte, wies zwei seiner Männer an, sie hinauszuschleppen. Frau Wang versuchte noch, sich einzumischen und sich formell für Yao Chin zu entschuldigen, doch als sie sah, welchen häßlichen Ausgang das Ganze zu nehmen drohte, verschwand sie unauffällig, und alle, die zum Haushalt gehörten, folgten ihrem Beispiel und versteckten sich. Dann trieben Wus Schläger Yao Chin ohne Rücksicht auf ihre zarten gebundenen Füße zum Tor hinaus auf die Straße, während ihr Herr hinter ihnen herstolzierte. Erst als sie den Westsee erreicht und sie in das Boot gestoßen hatten, ließen sie von ihr los.

Seit ihrem zwölften Lebensjahr, seit dem Tag also, an dem sie die Schwelle des Hauses von Frau Wang überschritten hatte, war sie noch nie so grob und rücksichtslos behandelt worden. Kaum war sie an Bord, als sie ihr Gesicht mit den Händen bedeckte und zu schluchzen begann. Statt sich aber erweichen zu lassen, geriet Wu nun in noch größere Wut. Grimmig wie der Kriegsgott selbst gab er seinem Stuhl einen Tritt, damit er in Richtung Ufer stand, setzte sich hin, von seinen Schlägern umgeben, und befahl den Bootsleuten, abzulegen.

»Du Hure!« schimpfte er. »Du weißt die Ehre nicht zu schätzen, die dir erwiesen wird! Wenn du nicht aufhörst zu weinen, du billige Nutte, dann lasse ich dich auspeitschen!«

Yao Chin ließ sich dadurch nicht abschrecken und fuhr fort zu schluchzen. Als das Boot den Pavillon auf der Insel mitten im See erreichte, ging Wu an Land und ließ sich dort von seinen Dienern das Essen servieren. Dann befahl er seinen Männern, die Blumenkönigin herbeizubringen, damit sie für sein Vergnügen sorge. Sie aber klammerte sich an der Reling des Bootes fest, weinte bitterlich und ließ die Hände nicht locker. Und so war es nichts mit den Vergnügungen des Herrn Wu! Nach ein paar weiteren Bechern Wein, die er allein in sich hineinschüttete, wankte er zurück zum Boot und versuchte, das Mädchen von der Reling wegzuzerren; doch sie stampfte und schrie, bis Wu seinen Dienern befahl, ihr die Haarnadeln herauszureißen und ihr allen Schmuck wegzunehmen. Das Mädchen raufte sich das Haar und rannte zum Heck des Bootes, um sich ins Wasser zu werfen. Die Männer hielten sie jedoch zurück.

»Hast du vor, mir Angst einzujagen?« fragte Wu höhnisch. »Selbst wenn du dich umbringen solltest, es würde mich nur ein paar Tael Silber kosten. Aber wenn du mit deinem Geschrei aufhörst, lasse ich dich laufen.«

Als Yao Chin diese Worte vernahm, hörte sie auf zu weinen, und Wu befahl, das Boot an einem stillen Ort vor den Chingpo-Toren zu vertäuen. Dort riß er dem Mädchen die goldverzierten Schuhe von den Füßen.

»Geh zu Fuß nach Hause, du Hure, wenn du kannst!« höhnte er und machte seinen Raufbolden ein Zeichen, sie am Ufer abzusetzen.

Das Boot legte wieder ab und steuerte die Mitte des Sees an. Wie aber sollte Yao Chin mit den zarten, bloßen Füßen gehen? Trotz all ihrer Begabung und Schönheit, so dachte sie, war sie doch nur ein allseits verschmähtes Freudenmädchen, und keiner ihrer reichen und edlen Gönner würde bereit sein, ihr jetzt zu helfen. Sie setzte sich an den Straßenrand und weinte so, daß ihr Herz in Stücke zu zerreißen drohte.

Nun geschah es, daß Chin sich an jenem Tag aufmachte, am Grabe des Alten Chu vor den Chingpo-Toren ein Opfer zu bringen. Danach ließ er alle Opfergeräte mit einem Boot nach Hause bringen und begab sich zu Fuß auf den Rückweg, als er ein Mädchen weinen hörte. Und auf der Stelle erkannte er, trotz ihres abgerissenen Zustandes, die Blumenkönigin.

»Was ist geschehen, Blumenkönigin?« fragte er entsetzt.

Als Yao Chin die bekannte Stimme vernahm, hörte sie auf zu weinen, schaute auf und sah den rücksichtsvollen Herrn Chin, der sich über sie beugte. Ihr erschien er als Retter in höchster Not! Sie erzählte ihm ihre ganze unglückselige Geschichte, und Chin vergoß vor lauter Rührung heiße Tränen des Mitgefühls. Er entnahm seinem Ärmel ein seidenes Taschentuch, über fünf Fuß lang, zerriß es in zwei Hälften und gab es dem Mädchen, um sich damit die Füße abzubinden. Dann wischte er ihr die Tränen vom Gesicht und ordnete ihr Haar. Dann rief er eine Sänfte herbei, bat sie, darin Platz zu nehmen und begleitete sie zu Fuß zum Hause von Frau Wang.

Die Kupplerin, die nicht wußte, was mit dem Mädchen geschehen war, hatte in ihrer Panik überallhin Boten ausgeschickt. Als unerwarteterweise Herr Chin mit dem Mädchen erschien, überschlug sich Frau Wang vor Freude. Der junge Mann verkaufte überdies schon lange nicht mehr sein Öl an ihrer Tür, sie wußte, daß er den Laden der Familie Chu übernommen hatte und ihn tadellos führte. Da er nun ein geachteter Bürger war, hatte sich selbstverständlich auch ihre ganze Einstellung zu ihm geändert. Als sie daher sah, in welchem Zustand sich Yao Chin befand, und erfuhr, was für furchtbare Dinge das Mädchen erlebt hatte und daß es Herr Chin war, der sie gerettet hatte, konnte sich die alte Frau nicht genug bei ihm bedanken. Sie bestand darauf, daß er zum Essen bei ihr bliebe.

Am späten Nachmittag stand Chin, nachdem er einige Becher

Wein getrunken hatte, auf, um sich zu verabschieden. Die Blumenkönigin wollte jedoch nichts davon hören.
»So oft habe ich voll Sehnsucht an Sie gedacht«, sagte sie. »Nun lasse ich Sie nicht so einfach gehen.«
Auch Frau Wang bat ihn, zu bleiben.
Chin war noch nie so glücklich gewesen. An diesem Abend spielte, sang und tanzte Yao Chin nur für ihn, ja, sie verwandte all ihre Künste darauf, ihn glücklich zu machen. Und als die Nacht kam, gingen sie Hand in Hand ins Schlafzimmer der Blumenkönigin, wo sie sich ihm hingab, daß er in Seligkeit schier ertrank.
»Ich möchte Ihnen mein ganzes Herz eröffnen«, sagte Yao Chin später in der Nacht zu ihm. »Sie dürfen mir meine Bitte aber nicht abschlagen!«
»Ihnen zu dienen würde ich durch kochendes Wasser und durch Feuer gehen«, erklärte Chin. »Wie könnte ich Ihnen etwas abschlagen?«
»Ich möchte Sie heiraten.«
Chin lachte.
»Auch wenn Sie zum zehntausendsten Mal heirateten, Sie würden niemals einen so armen Burschen wie mich wählen«, erwiderte er. »Treiben Sie nicht Ihren Spaß mit solchen Dingen. Ich stehe viel zu tief unter Ihnen.«
»Es ist mir Ernst damit«, sagte Yao Chin. »Mit vierzehn, als man mich betrunken machte, um mich auf diesen Weg zu bringen, wollte ich heiraten. Aber ich kannte niemanden, der mir wirklich gefallen hätte. Später traf ich zwar viele Männer, doch es waren lauter reiche Galane, die ihre Zeit dem Wein und den Frauen widmeten und nur ihrem Vergnügen lebten. Keiner von ihnen hat je ein echtes Gefühl für mich gehabt. Noch nie habe ich einen Mann getroffen, der so zuverlässig und warmherzig war wie Sie, mein Herr. Außerdem weiß ich, daß Sie noch nicht verheiratet sind; und wenn Sie mich meines Berufes wegen nicht verachten, wäre ich froh, Ihnen den Rest meines Lebens dienen zu können. Lehnen Sie aber mein Angebot ab, so nehme ich drei Fuß weiße Seide und hänge mich, um meine Ehrlichkeit zu beweisen, auf. Das ist immer noch besser, als elend zugrundegerichtet zu werden.«
Und als sie das alles gesagt hatte, begann sie zu schluchzen.
»Quälen Sie sich doch nicht so«, bat Chin. »Daß Sie mich

lieben, übersteigt meine kühnsten Träume. Wie könnte ich Ihnen also Ihren Wunsch abschlagen? Doch wie soll ein so armer Mann wie ich tausend Tael aufbringen, um Sie auszulösen?«

»Das soll uns keinen Kummer bereiten«, erwiderte sie. »Ich habe genug Geld und Wertsachen für meine Heirat gespart und alles bei Freunden untergebracht. Sie brauchen nicht eine Kupfermünze dafür zu zahlen.«

»Auch wenn Sie sich selbst auslösen könnten, kann aus der Heirat nichts werden«, sagte Chin traurig. »Sie sind gewohnt, in einem großen Haus zu leben und das Beste von allem zu genießen. Ich aber führe nur ein bescheidenes Leben.«

»Ich würde mit Ihnen glücklich sein, auch wenn ich schlichte Gewänder tragen und einfachste Speisen zu mir nehmen müßte.«

»Und was geschieht, wenn Ihre Herrin dagegen ist?«

»Ich werde sie überreden.«

So unterhielten sie sich bis Sonnenaufgang.

Als der Tag anbrach, ließ Yao Chin sich die Kästchen bringen, die sie bei einigen Vertrauten, den Söhnen des Akademiemitgliedes Huang, des Ministers Han, des Marschalls Chi und anderen untergebracht hatte, und bat Chin, diese nach Hause mitzunehmen. Dann mietete sie eine Sänfte, ließ sich zum Haus von Frau Liu bringen und erzählte ihr von ihrem Heiratsplan.

»Na ja, das ist doch genau das, was ich dir damals geraten habe«, sagte Frau Liu. »Du bist natürlich immer noch jung genug, aber wer ist der Mann?«

»Lassen wir diese Frage einmal beiseite, Tantchen. Ich befolge genau Ihren Rat, und es wird eine von den wahren, glücklichen Ehen sein, die gut enden, und nicht eine der unglücklichen Ehen, die schlecht enden. Und wenn Ihr auf meiner Seite seid, wird meine Herrin bestimmt ihre Einwilligung geben. Hier sind zehn Tael Gold für Euch. Ihr könnt Euch daraus Schmuck anfertigen lassen. Helft mir bitte und redet mit meiner Herrin! Wenn Ihr Erfolg habt, werde ich Euch als meiner Heiratsvermittlerin ein weiteres Geschenk überreichen.«

Als Frau Liu Gold sah, lächelte sie so breit, daß ihre beiden Augen nur noch zwei enge Schlitze waren.

»Du bist wie eine Tochter für mich«, rief sie. »Wie könnte ich da ein Geschenk von dir annehmen? Ich werde dieses Gold nur vorübergehend bei mir behalten, um es für dich aufzubewahren. Doch deine Herrin sieht in dir einen Baum aus Gold, den man nur zu schütteln braucht und schon fällt es in Massen herunter. Sie wird dich nur für mindestens tausend Tael fortlassen. Ist er bereit, so viel zu zahlen? Am besten, ich unterhalte mich zuerst mit ihm.«

»Lassen wir das, Tantchen. Nehmen wir an, ich will mich selbst loskaufen.«

»Weiß deine Herrin, daß du hier bist?«

»Nein.«

»Dann bleib zum Mittagessen hier, und ich werde hingehen und mich mit Frau Wang unterhalten.«

Frau Liu ließ sich in einer Sänfte zum Haus von Frau Wang tragen und wurde hineinkomplimentiert. Als sie Fragen über die Unannehmlichkeiten mit Herrn Wu stellte, erzählte ihr Frau Wang die ganze Geschichte.

»Es ist sicherer und einträglicher in Ihrem Beruf, sich ganz gewöhnliche Mädchen zu halten«, sagte Frau Liu. »Denen ist es ziemlich gleichgültig, welche Kunden sie empfangen müssen, und vor allem, sie empfangen sie jeden Tag. Ihre Blumenkönigin ist inzwischen so berühmt geworden, daß sie jetzt wie ein Fisch auf dem Trockenen ist – jede Ameise will einen Biß von ihr haben! Sie ist zwar sehr anziehend, bereitet Ihnen aber sicher auch viele Sorgen. Und obwohl Sie zehn Tael pro Nacht für sie verlangen, bringt sie Ihnen mehr Ruhm als Geld ein, weil diese jungen Edelleute Freunde mitschleppen, die die ganze Nacht über bleiben und eine gewaltige Menge Arbeit verursachen. Außerdem bringen sie eine Menge Diener mit, die Sie auch gut behandeln müssen. Tun Sie nicht, was die Diener wollen, beginnen sie zu stänkern und das Mobiliar zu zerschlagen; und das Schlimmste ist, Sie können sich nicht einmal bei ihren Herren beklagen. Und dann gibt es da noch die Scholaren, Dichter und Schachspieler, die sie jeden Monat für einige Tage beanspruchen. Und die Söhne der besten Familien kämpfen um Yao Chins Gunst. Nimmt sie Chang als Kunden, so beleidigt sie Li. Ist aber der eine Mann zufrieden, so gibt es bestimmt einen anderen, der nörgelt. Nehmen Sie zum Beispiel diese Unannehmlichkeiten mit Herrn Wu. Wenn irgendetwas schiefgeht, verlieren nur Sie Ihr Kapital. Denn schließlich können Sie ja nicht eine der vornehmen Familien vor Gericht zitieren. Diesmal war das Glück auf Ihrer Seite und die Wolken sind vorbeigezogen, ohne Schaden anzurichten. Aber wer garantiert Ihnen, daß nicht einmal Schlimmeres geschieht? Überdies soll Herr Wu Böses gegen Yao Chin im Schilde führen. Und sie ist ein aufbrausendes Mädchen, das nicht nachgibt. Sie wird Sie noch ins Unglück stürzen.«

»Mir macht das auch Sorgen«, erwiderte Frau Wang. »Dieser Herr Wu stammt aus einer reichen und mächtigen Familie, und sie will ihn einfach nicht empfangen. Damit hat ja die ganze Aufregung begonnen. Als sie klein war, konnte man noch mit ihr fertig werden, doch jetzt, da sie alle diese Herrschaften ununterbrochen rühmen, ist sie maßlos verwöhnt und will in allem ihren Willen durchsetzen. Sie empfängt nur Kunden, die ihr gefallen, und wenn sie einen nicht empfangen will, könnten sie nicht einmal neun Stiere von der Stelle bringen.«

»Auch das kleinste Anzeichen von Ruhm steigt diesen Mädchen zu Kopfe«, bestätigte Frau Liu.

»Ich brauche Ihren Rat«, sagte Frau Wang. »Sollte sich ein Mann finden lassen, wäre es da nicht besser, sie zu verkaufen? Das würde mir allerhand schlaflose Nächte ersparen.«

»Sie haben völlig recht. Verkaufen Sie sie, so haben Sie genug Geld, um fünf oder sechs andere Mädchen zu kaufen. Ja, wenn Sie gut zu feilschen verstehen, so könnten Sie von dem Erlös vielleicht sogar zehn Mädchen kaufen, und das wäre ein blendendes Geschäft für Sie.«

»Ich habe mir das alles genau überlegt. Diese hohen Beamten zahlen nie sonderlich viel; sie versuchen, alles billig zu erwerben. Yao Chin ist aber so wählerisch, daß sie, sollte sich einer finden, der den richtigen Preis bietet, bestimmt einen Wutanfall bekäme und ihn ablehnte. Sollte es Ihnen also gelingen, einen guten Kunden aufzutreiben, so wäre ich Ihnen, meine Liebe, sehr dankbar, wenn Sie die Heiratsvermittlerin spielen und uns helfen würden. Sie könnten dann sicher auch das Mädchen, sollte es sich sträuben, zur Vernunft bringen. Auf mich hört sie ja nicht, doch zu Ihnen hat sie Vertrauen ...«

Da brach Frau Liu in Gelächter aus.

»Ich bin schon hier als Heiratsvermittlerin!« rief sie. »Wieviel verlangen Sie für Yao Chin?«

»Nun, Schwester, Sie wissen ja, wie die Dinge liegen. In

unserem Beruf kaufen wir billig und verkaufen teuer. Außerdem, Sie wissen ja, wie berühmt sie in den letzten Jahren wurde. Gibt es vielleicht nur einen einzigen Menschen in der Hauptstadt, der noch nichts von der Blumenkönigin gehört hätte? Wie könnte ich sie also für lumpige drei- oder vierhundert Tael verkaufen! Nein, ich verlange mindestens eintausend.«

»Lassen Sie mich zu ihm gehen und ihm das ausrichten«, sagte Frau Liu. »Wenn er bereit ist, so viel zu zahlen, komme ich zurück; andernfalls komme ich nicht wieder.« Dann fragte sie noch, bevor sie sich verabschiedete, scheinheilig: »Und wo ist das Mädchen heute?«

Frau Wang seufzte.

»Seit dem Tag, an dem Herr Wu sie beleidigte, hat sie Angst, er könnte zurückkommen. Also mietet sie jeden Tag eine Sänfte, die sie in einige Häuser bringt, wo sie ihre Klagen vorträgt. Vorgestern war es der Marschall Chi, gestern das Akademiemitglied Huang. Der Himmel allein weiß, wo sie heute steckt.«

»Wenn Sie bei Ihrem Entschluß bleiben und streng mit ihr sind, wird sie ihre Einwilligung geben müssen«, sagte Frau Liu.

»Ich bleibe dabei«, erwiderte Frau Wang. »Mein Wort nehme ich nie zurück.«

Darauf begleitete sie Frau Liu zur Tür, wo diese sich rasch verabschiedete, ihre Sänfte bestieg und sich wegtragen ließ.

Zu Hause sagte Frau Liu zu Yao Chin:

»Ich habe deine Herrin rumgekriegt. Sie ist einverstanden. Sobald du das Silber herausrückst, geht alles in Ordnung.«

»Das Silber liegt bereit«, erwiderte Yao Chin. »Bitte versprecht mir, morgen in unser Haus zu kommen und alles zum Abschluß zu bringen, Tantchen. Wir müssen das Eisen schmieden, solange es heiß ist.«

»Alles ist abgemacht, und ich werde gewiß kommen«, versprach Frau Liu. Darauf verabschiedete sich Yao Chin von ihr und fuhr nach Hause, wo sie niemandem ein Wort von ihrer Abmachung verriet.

Am nächsten Tag um die Mittagszeit erschien Frau Liu.

»Na, wie sieht es aus?« fragte Frau Wang.

»Es ist zu neunundneunzig Prozent sicher. Mit dem Mädchen habe ich allerdings noch nicht gesprochen.«

Dann begab sich Frau Liu zu Yao Chins Zimmer und fragte das Mädchen, nachdem sie sich begrüßt und eine Weile geplaudert hatten: »Ist dein Mann erschienen? Wo ist das Geld?«

»In diesen Ledertaschen.«

Yao Chin zeigte zum Kopfende des Bettes, öffnete dann sechs Taschen und entnahm ihnen vierzehn Päckchen, deren jedes fünfzig Tael enthielt. Dazu händigte sie ihr Gold, Edelsteine und Jade aus – alles zusammen im Wert von genau tausend Tael.

Frau Lius Augen glänzten bei diesem Anblick, und der Speichel lief ihr im Mund zusammen.

»Was für ein kluges Mädchen für sein Alter!« dachte sie. »Die Mädchen in meinem Hause empfangen auch Gäste, doch keine von ihnen hat auch nur entfernt so viel gespart. Sobald sie etwas Geld in der Tasche haben, geben sie es für Nüsse oder Süßigkeiten aus, und wenn ihre Fußbinden abgenützt sind, muß ich ihnen neue kaufen. Frau Wang hatte wirklich Glück mit diesem Mädchen!«

Yao Chin erriet die geheimen Gedanken von Frau Liu und holte rasch vier Ballen Seide aus Luchow, zwei mit Edelsteinen besetzte Haarklammern und zwei Haarnadeln aus Jade in der Form eines Phönix.

»Hier sind ein paar Geschenke für Euch, Tantchen, zum Dank für Eure Heiratsvermittlung«, sagte sie und legte alles auf den Tisch.

Da kehrte Frau Liu, vor Freude strahlend, zu Frau Wang zurück.

»Sie will sich für die Summe loskaufen, die Sie genannt haben, keine Kupfermünze weniger«, sagte sie. »Und das ist besser, als wenn ein Mann sie gekauft hätte, denn so gibt es auch die Vermittler nicht, die man mit Wein und Tee bewirten muß und die noch ein oder zwei Prozent des Preises dazu als Gebühr verlangen.«

Frau Wang jedoch war ziemlich irritiert zu hören, daß das Mädchen soviel Geld hatte beiseite legen können. Denn Kupplerinnen sind nur dann zufrieden, wenn auch alle Extras, die ihre Mädchen verdienen, in ihre Taschen fließen. Hegen sie aber den Verdacht, daß ein Mädchen private Ersparnisse hat, so warten sie, bis sie einmal das Haus verläßt und durchsuchen dann das Zimmer. Da aber Yao Chin so viele einflußreiche

Freunde hatte und überdies von hitzigem Temperament war, hatte Frau Wang aus Angst, sie zu erzürnen, nie ihr Zimmer betreten. Sie hatte also wirklich keine Ahnung, daß das Mädchen so viel zurückgelegt hatte.

Frau Liu begriff, warum Frau Wangs Gesicht sich so verfinstert hatte.

»Jetzt, Schwester, müssen Sie Ihr Wort aber auch halten!« sagte sie. »Schließlich handelt es sich um die eigenen Ersparnisse des Mädchens und nicht um Geld, das Ihnen zustünde. Im übrigen – hätte sie alles ausgegeben und keine Kupfermünze gespart, wie hätte sie dann Ihr Haus verlassen sollen? Nackt und ohne alles? Das hätten Sie niemals zugelassen. Also hätten Sie ihr für die Hochzeit anständige Kleider gekauft. So aber wird sie – davon bin ich überzeugt – von Ihnen keinen einzigen Faden verlangen und Sie können dieses ganze Geld für sich behalten. Außerdem bleibt sie immer noch Ihre Tochter. Wenn es ihr gut geht, wird sie Ihnen sicher an den Feiertagen Geschenke schicken, und da sie keine Eltern hat, werden Sie die Schwiegermutter ihres Ehemannes sein. Auf diese Weise wird es Ihnen auch in Zukunft nicht schlecht gehen.«

Getröstet von diesen Worten, willigte Frau Wang ein. Da brachte Frau Liu das Silber, wog jedes Päckchen einzeln und übergab es Frau Wang. Dann reichte sie ihr Gold, Edelsteine und Jade, wobei sie jedes einzelne Stück abschätzte.

Frau Wang war zwar eine Kupplerin, doch sie war auch ein ehrlicher Mensch und stimmte daher mit den Schätzungen ihrer Freundin überein. Als Frau Liu sah, daß Frau Wang ganz und gar gewonnen war, bat sie diese, einen Heiratsvertrag für Yao Chin zu entwerfen. Dann brachte sie Yao Chin die freudige Nachricht. Darauf sagte das Mädchen:

»Am besten verabschiede ich mich jetzt von meiner Herrin und verlasse mit Euch das Haus, Tantchen. Werdet Ihr mir erlauben, mich einige Tage bei Euch aufzuhalten, bis wir einen glückverheißenden Tag für unsere Hochzeit gefunden haben?«

Frau Liu hatte von Yao Chin so viele Geschenke erhalten, daß sie das Risiko einer Meinungsänderung von Frau Wang nicht eingehen wollte. Sie willigte daher ein.

Rasch packte Yao Chin ihre Reisetasche und nahm die Schatztruhe, ihr Bettzeug und alle Gegenstände, die ihr gehörten, verließ mit Frau Liu das Zimmer und verabschiedete sich von den anderen Mädchen und ihrer Herrin, die ein paar konventionelle Tränen vergoß. Dann reiste Yao Chin mit Frau Liu ab, die ihr in ihrem Haus ein ruhiges, sauberes Zimmer herrichten ließ. Und alle Mädchen von Frau Liu kamen, um ihr zu gratulieren.

Am gleichen Abend noch schickte Chin einen Boten zu Frau Liu, um sich über die neuesten Entwicklungen zu informieren. Als er von dem glücklichen Ergebnis erfuhr, wurde Frau Liu wieder als Heiratsvermittlerin eingesetzt, der heiß ersehnte Tag festgelegt und dann die Hochzeit mit Flöten und Trommeln gefeiert. Und o wie selig fühlte sich das Paar in der Hochzeitsnacht!

Am nächsten Tag aber staunten Hsin Shan und seine Frau nicht schlecht, als sie in der neuen Herrin ihre verlorene Tochter erkannten. Sie umarmten sich mit Freudentränen in den Augen und erzählten einander ihre Geschichte. Dann bat Chin seinen Schwiegervater und seine Schwiegermutter, sich niederzusetzen, damit er und Yao Chin ihnen ihre Ehrerbietung erweisen könnten. Darauf gaben sie ein großes Fest für alle ihre Freunde, und jeder staunte und freute sich über dieses doppelte Glück.

Drei Tage nach der Hochzeit bat Yao Chin ihren Mann, die Leute, die ihre Schätze für sie aufbewahrt hatten, mit reichen Geschenken zu bedenken, und ihnen ausrichten zu lassen, daß sie nun verheiratet sei. So zeigte sie jedermann ihre Dankbarkeit. Auch an Frau Liu und Frau Wang wurden zusätzliche Geschenke übersandt, die beide in helle Freude versetzten.

Nach den Flitterwochen öffnete Yao Chin ihre Schatztruhe, und zum Vorschein kamen Gold, Silber und hunderte von Seidenballen sowie Stickereien aus Soochow und Chengtu, alles in allem an die dreitausend Tael wert. Sie übergab die Schlüssel zu der Truhe ihrem Mann, der den Inhalt nach und nach in Häuser und Grundbesitz anlegte und sein Geschäft ausbaute. Es dauerte kaum ein Jahr, da konnte sich die ganze Familie jeden erdenklichen Luxus und viele Diener leisten.

Eines Tages legte Chin, um den Göttern seine Dankbarkeit zu erweisen, das Gelübde ab, drei Monate lang alle Tempel und Klöster der Stadt mit Kerzen und Öl zu versorgen, Weihrauchkerzen zu verbrennen, zu beten, die Fastenzeiten einzuhalten

und seine Seele zu reinigen. Er begann mit dem Chao-Ching-Kloster und besuchte dann der Reihe nach die Klöster Ling Yin, Fa Hsiang, Chin Tse und Tien Chu.
Das Kloster Tien Chu, Kwanying, der Göttin der Gnade geweiht, besteht in Wirklichkeit aus drei Klöstern: dem Oberen Tien Chu, dem Mittleren Tien Chu und dem Unteren Tien Chu. Jedes dieser Klöster ist eine wichtige Gebetsstätte und nicht mit einem Boot, sondern nur über schwierige Gebirgspfade zu erreichen. Chin befahl seinen Dienern, die Kerzen und das Öl zu tragen, während er sich selbst eine Sänfte nahm.
Erst begab er sich zum Oberen Tien-Chu-Kloster. Er wurde von den Mönchen in der Halle begrüßt, während ein alter Mann die Kerzen anzündete und für den Weihrauch sorgte. Da Chin nun wohlhabend und durch das gute Essen entsprechend beleibt war, erkannte ihn der Alte nicht als seinen Sohn. Erst als er auf einem der Ölfässer das Wort *Chin* und auf einem anderen das Wort *Kaifeng* las, dachte er über diesen seltsamen Zufall nach. Als Chin seinen Weihrauch verbrannt und der Alte ein Tablett mit Teeutensilien herbeigebracht hatte, da sprach er, während er dem Gast Tee einschenkte:
»Darf ich Sie fragen, Herr, warum Sie diese Worte auf Ihre Fässer malen ließen?«
»Warum fragen Sie?« erkundigte sich Chin, indem er gebannt dem nördlichen Dialekt lauschte. »Sind Sie auch aus Kaifeng?«
Der alte Mann bestätigte das und nannte ihm seinen Namen und seine Heimatstadt.
»Ich bin vor den Soldaten geflohen«, sagte er. »Und als ich hierher in den Süden kam, konnte ich meinen Lebensunterhalt nicht bestreiten. Also ließ ich meinen dreizehnjährigen Sohn von einem Herrn Chu adoptieren. Seitdem sind acht Jahre vergangen. Da ich aber alt und krank bin, vermochte ich nicht mehr, vom Berg herabzusteigen, um ihn zu suchen.«
Da fiel Chin dem alten Mann um den Hals und weinte.
»Ich bin dein Sohn!« rief er. »Ich habe bei Herrn Chu Öl verkauft. Und nur, um dich zu finden, habe ich diese Worte auf die Fässer gemalt. Daß wir uns hier wiedersehen, kann nur eine Fügung des Himmels sein!«
Auch die Mönche erhoben staunend ihre Stimmen.

Chin verbrachte zwei Tage im Kloster und sprach mit seinem Vater über die Vergangenheit. Dann änderte er nach einer schriftlichen Eingabe seinen Namen Chu Chung wieder in Chin Chung. Nachdem er Weihrauch im Mittleren Tien-Chu- und Unteren Tien-Chu-Kloster geopfert hatte, kehrte er zurück und bat seinen Vater, ihn nach Hause zu begleiten. Aber der alte Mann wollte das Kloster nicht mehr verlassen. Erst als Chin von seiner Frau sprach, die doch ihrem Schwiegervater die nötige Ehre erweisen wolle, willigte er ein.
So ließ Chin seinen Vater die Sänfte besteigen, während er selbst zu Fuß nebenher lief. Zu Hause kleidete er seinen Vater in neue Gewänder, bat ihn, in der Halle Platz zu nehmen und verbeugte sich gemeinsam mit Yao Chin ehrerbietig vor ihm. Dann rief er auch Yao Chins Eltern.
Danach wurde die Tafel zu einem großen Festessen gedeckt, doch der alte Chin rührte weder Fleisch noch Wein an. Am nächsten Tag brachten alle Nachbarn Geschenke, und die doppelte Wiedervereinigung der beiden Familien wurde einige Tage lang gefeiert!
Bald jedoch beschloß der alte Chin, ins Kloster zurückzukehren. Traurig gab Chin nach und baute ihm daneben für zweihundert Tael eine Hütte. Jeden Monat schickte er ihm Lebensmittel und Geld und besuchte ihn alle zehn Tage. Yao Chin besuchte ihren Schwiegervater viermal im Jahr. Er wurde mehr als achtzig Jahre alt und starb friedlich während einer Yoga-Übung.
Auch Chin und Yao Chin lebten bis ins hohe Alter friedlich zusammen und bekamen zwei Söhne, die beide berühmte Scholaren wurden.
Und bis auf den heutigen Tag nennen die Freudenmädchen einen Mann, den sie loben wollen, weil er sich ihnen gegenüber rücksichtsvoll benahm, *Herr Chin* oder einfach nur *Ölverkäufer*.

Die Brüste eines Mädchens

von Chang Tien-yi

Neuerdings redeten die Einwohner des Dorfes nur noch davon, daß Jen Sans Frau in Chuang-hsi sei.

»Ist dort ihr Liebhaber?«

»O ja! Sie haben auch ein kleines Töchterchen«, flüsterte einer so leise, als mache er sich übler Nachrede schuldig, wenn er lauter spreche. In Wirklichkeit jedoch konnte man ihn noch in zehn Meter Entfernung hören.

»Ich fürchte, daß auch der Sohn, den sie Jen San schenkte, ein Bastard ist.«

Alle blickten überrascht auf den jungen Mann, dem diese Bemerkung entschlüpft war. Erregtes Gemurmel. Einer bemerkte, man solle solche Vermutungen wohl besser für sich behalten. Aber der junge Mann fuhr fort:

»Ich werde euch etwas verraten, aber sie darf es nicht erfahren: Jen Sans Leute wollen sie zurückholen!«

»Und wie steht der alte Chang dazu? Stellt euch vor, ausgerechnet zu unserer Sippe gehört eine solche – hm – Frau!« riefen die Leute.

Das Oberhaupt der Sippe, der alte Chang jedoch hatte seine eigenen Pläne.

Er kratzte sich am Bein und stocherte mit dem kleinen Finger der rechten Hand in seinen Zähnen herum. Sein Gesicht glänzte fettig, wie mit Wachs beschmiert, und der Strahl der untergehenden Sonne ließ es wie eine Flasche aus Glas erscheinen. Ein Gefühl geheimer Genugtuung überkam ihn. Seine gekreuzten Beine zitterten unwillkürlich, während ein paar zerbissene Wassermelonenkerne wie kleine Boote auf einem vom Sturm zerwühlten Ozean auf und ab sprangen.

Er konnte wirklich nicht einsehen, wozu es gut sein sollte, daß sich Jen Sans Frau mit diesem ungehobelten Burschen aus Chuang-hsi davongemacht hatte. Wie gern hätte er den Kerl bestraft, doch seine Macht reichte nicht über die Grenzen seiner Sippe hinaus. Er stocherte noch wütender in seinen Zähnen, so, als wolle er allen zeigen, daß das Gesetz in seinen Händen liege. Er hörte das Kratzen des Nagels an den Zähnen und fühlte, wie ihm der Speichel die Handfläche herunterlief.

Pfui! Dieser Lin, der Kerl aus Chuang-hsi, war nur ein einfacher Bauer. Seltsam, daß Jen Sans Frau sich ausgerechnet in ihn verliebt hatte! Ekel überkam ihn, seine Beine schlotterten heftiger. Die Schalen der Melonenkerne fielen auf den Boden.

Natürlich würde er sie auspeitschen lassen, bis ihr Rücken in Fetzen herunterhing, sobald man sie gefunden hatte.

Ein Schauder durchzog seinen Körper.

Der Leib von Jen Sans Frau würde das Auspeitschen nicht überstehen. Ihre Haut war so weich – nein, es war falsch von einer Haut zu sprechen, denn ihre Haut war wie Sülze, sie war wie Butter; die kleinste Berührung mit einem Stock würde sie zerstören.

Der alte Chang seufzte. Ihre Haut würde das Auspeitschen wirklich nicht überstehen. Man brauchte nur an ihre Wangen zu denken, er wußte schon, wie ihre Wangen waren, denn er hat sie bereits getätschelt. Ja, ihr Gesicht, der Sonne, dem Regen und dem Wind ausgesetzt, hatte immer noch seinen zarten Teint. Er stellte sich vor, wie erst ihr Körper sein mochte.

Er dachte an ihre letzte Begegnung. Mit Komplimenten wollte er der Frau von Jen San schmeicheln. Aber es war nicht leicht, sie zufriedenzustellen. Sie schaute ihn nur mit ihren schwarzen glänzenden Augen an und rief: »Was soll das?«

»Spiel bloß nicht die Tugendhafte!« sagte er. »Ich weiß ganz genau, daß Jen San dich im Bett nicht befriedigt.«

Er streckte seine rechte Hand mit den langen Nägeln aus und berührte ihre hochstehenden Brüste, doch sie schob die Hand beiseite.

»Wie kannst du es wagen – und noch dazu am hellichten Tag?« beschimpfte sie ihn.

»Dann eben nicht am hellichten Tag, sondern nachts! Jen San ist ein solcher Dummkopf, er wird nichts merken. Jetzt laß mich aber ...«

»Weg mit dir! Weg mit dir, auf der Stelle!«

Er wurde zornig.
»Was hast du gesagt?«
»Ich wollte sagen, du solltest deine Stellung in der Sippe nicht so ausnutzen.«
Als sie weggehen wollte, lief er ihr nach. Zuvor hat er sich allerdings vorsichtig umgesehen – doch niemand war weit und breit in Sicht. Nur ein Hund lief am Flußufer entlang und hinterließ auf der schlammigen Erde Spuren, die wie Pflaumenblüten aussahen. Der alte Chang war fest davon überzeugt, daß dieser Hund nicht sprechen konnte. Er verspürte das Verlangen, Jen Sans Frau, die wie die Verkörperung der Weiblichkeit vor ihm stand, mit den Armen an sich zu pressen. In ihre Lippen zu beißen, das würde bedeuten, das Leben selbst zu genießen. Er wollte sie ganz verzehren ... ihre rosaroten Wangen. Seine Augen waren ein Netz, aus blutigen Venen geflochten, und die blauen Arterien auf seiner Stirn traten hervor. Aber sie wandte sich ab und beschimpfte ihn dabei mit Worten, die er zum Glück nicht hören konnte.
»Aber meine liebe Base, sei doch nicht so... Ich würde dir alles geben, wenn ich nur mit dir...«
»Verschwinde, du Ungetüm! Bist du nicht das Oberhaupt der Sippe? Wie kannst du Ordnung in der Sippe halten, wenn du dich so benimmst? Du solltest dich schämen!«
Sein Zorn war stärker denn je.
»Sei nicht so stolz, meine Schöne! Ich hebe dich zu mir auf. Und ich habe die ehrlichsten Absichten.«
»Mir gefallen deine Absichten aber nicht. Nur weil du Geld und deine Stellung in der Sippe hast, glaubst du, jede Frau am hellichten Tage nehmen zu können.«
»Sag das nicht noch mal!«
»Ich habe keine Angst vor dir. Du bist immer ein mieser Kerl gewesen und hast die Jens betrogen. Für die Sippe bist du die reinste Pest!«
»Was?« murmelte er, und seine Finger zitterten. »Paß lieber auf, was du sagst!«
»Warum sollte ich Angst vor dir haben? Ich werde jedem in der Sippe erzählen, daß du mich verführen wolltest.«
»O Götter, sie ist einfach nur ein zänkisches Weib«, sagte der alte Chang leise zu sich.
Doch wenn er auf ihre Wangen, nur auf ihre Wangen blickte –

sie waren zärtlicher als Sülze, weicher als Butter –, dann war das eine ganz andere Sache. Und ihre flatternden Augenlider, ihre roten Lippen, die zwei Reihen makelloser Zähne entblößten, und alles erst, was sich unter ihrer Hose und ihrer Bluse verbarg...

Er überlegte, was als Nächstes zu tun sei. Vergewaltigen konnte er sie nicht. Sie würde es jedermann erzählen. Er durfte nicht ungeduldig sein. Alles war nur eine Frage der Frauenpsychologie: Die Frauen sagten das eine und meinten das andere. Man brauchte nur an ihren jungen Liebhaber zu denken. Hatte sie sich nicht unter ihn gelegt? Frauen waren immer so. Auch ihm gegenüber würde Jen Sans Frau nicht immer so reagieren.

Am nächsten Tag kaufte er ein Armband aus Jade und ging damit zum Fluß hinunter. Es war gerade die Zeit des Sonnenuntergangs. Die Frau von Jen San schälte den Reis für das Abendessen.

»Einen schönen guten Abend!«

Sie antwortete nicht.

»Bist du immer noch böse auf mich?« sagte er lächelnd. »Spielst du noch immer die keusche Jungfrau? Da, schau dir das mal an!«

Sie wandte nicht einmal ihren Kopf und fuhr fort, den Reis zu schälen.

»Na, wieso drehst du dich nicht um?« sagte er im Tonfall eines Schauspielers, und auch seine Kopfbewegung war die eines Schauspielers. Seine Hand, die das Armband hielt, beschrieb einen Kreis im purpurroten abendlichen Licht. Aber sie antwortete immer noch nicht.

Er war gereizt. Schließlich konnte die Angelegenheit nicht immer so bleiben, wie sie war. Abgesehen davon bebte seine rechte Hand, die einst ihre Wange getätschelt hatte, so merkwürdig – es war kein Jucken, es war etwas vollkommen anderes, er konnte selber nicht sagen, was es war. Ja, er erinnerte sich ganz genau, wie er sie gezwickt hatte. Seine Finger hatten einen weißen Fleck auf ihrer Wange hinterlassen, die nur allmählich wieder ihre normale, blaßrote Farbe annahm.

All das war eine Zeitlang her. Er hatte sie nicht vögeln können, denn bald darauf war sie in die Arme ihres Liebhabers geflo-

hen. Ein paar Tage später war ihre alte Schwiegermutter, Frau Hsiang, erschienen und hatte berichtet, die Frau von Jen San sei nach Chuang-hsi gegangen. Die alte Frau zitterte förmlich vor Angst, denn ihr Sohn hatte immer noch nicht das Geld zurückgezahlt, das er vom Oberhaupt der Sippe geliehen hatte.
»Was soll ich denn tun?« jammerte sie.
»Geh und hol sie zurück!« rief der alte Chang und schlug so kräftig auf den Tisch, daß seine Hand hellrot wurde. »Mit einem Liebhaber weglaufen! Ausschweifungen frönen! Hörst du? Sie hat Schande über die ganze Sippe gebracht. Geh und hol sie zurück – ich werde ihr das Gesetz der Sippe schon beibringen!«

Einige Tage später wurde Jen Sans Frau zurückgebracht, und Frau Hsian rief die Sippenältesten, ihre eigenen Familienangehörigen und die Eltern von Jen Sans Frau im Tempel der Sippe zusammen. Auch der alte Chang war da – er stocherte wie gewöhnlich in seinen Zähnen, schimpfte und sagte sich immer wieder: »Am besten treibt man sie nicht weg. Man muß sie hierbehalten – das ist besser. Aber sie muß bestraft werden, ja, bestraft muß sie werden!«
Als Oberhaupt der Sippe hatte er das Recht, Jen San vortreten zu lassen.
»Willst du diese Frau trotz allem behalten?« fragte er, und fuhr, ohne eine Antwort abzuwarten, fort: »Wir müssen sie bestrafen. Das wird ihr eine Lehre sein. Wenn wir sie fortjagen... na ja, ich habe guten Grund anzunehmen, daß man das überall erfahren und der Ruf der Jens dann schweren Schaden nehmen wird. Schließlich ist sie die Frau eines Jen – oder?«
Jen San wußte nicht, was er sagen sollte. Er sah völlig verwirrt aus, dennoch wußte er, daß er dem Oberhaupt der Sippe gehorchen müsse, weil der alte Chang ihn immer gut behandelt und ihm sogar hundertfünfzig Juan geliehen hatte.
Also wurde beschlossen, sie zu bestrafen. Sie sollte im Ahnentempel vor das Gericht der Sippenältesten gestellt werden. Alle Türen zu den Gebäuden, in denen die Stäbchen mit den Namen der Ahnen standen, wurden geöffnet; denn es war von großer Bedeutung, daß die Ahnen erfuhren, welche Greuel der ganzen Sippe widerfahren waren. Auf dem Tisch stand ein Tablett

und darauf lag ein Fetzen Seide, der vom Wind, der durchs Fenster kam, hin und her bewegt wurde. Unter dem Tisch lagen Ketten, Stricke und gespaltene Bambusstöcke wild durcheinander.
Der alte Chang verspürte mehrmals den Drang, in den Zähnen zu stochern, konnte sich aber immer wieder beherrschen. Mit verkniffenen Augen beobachtete er die Sippenältesten, doch dann wanderte sein Blick zu den Verwandten von Jen San, die in einer Reihe saßen, jeder mit einem anderen Ausdruck im Gesicht. Und dann schaute er *sie* an. Sie stand hinter Frau Hsiang, und ihr Schatten an der Wand dahinter zerbrach in zwei Teile.
Chang sah sie an, dann die anderen und dann wieder sie. Unwillkürlich hob sich seine rechte Hand zu den Zähnen, doch als er merkte, was er gerade tun wollte, versteckte er die Hand in den langen Ärmel seines Gewandes. Nun blickten alle verstohlen auf die Frau von Jen San und dann auf die Verwandten, allerdings nicht zu lange, denn sie hatten Angst, vom alten Chang erwischt zu werden.
Ihr Gesicht war ausdruckslos, sie biß sich nur immer wieder auf die Lippen. Sie war blasser und magerer als zuvor, doch immer noch üppig und kräftig. Plötzlich schlug sie ihre Augen nieder, so als habe sie einen Entschluß gefaßt und wisse nun, was zu tun sei.
Frau Hsiang erhob sich und schilderte alle Verbrechen ihrer Schwiegertochter von Anfang an bis zu dem Zeitpunkt, als man sie zurückgebracht hatte. Anschließend verlangte sie von der Sippe, im Angesicht der Ahnen das Urteil zu sprechen.
Alle Augen wanderten erwartungsvoll zum alten Chang, nur die Augen des Mädchens zeigten keine Regung.
»Frau Hsiang hat die Angelegenheit sehr genau beschrieben«, sagte er. »Auch die Eltern der Angeklagten sind anwesend. Alles hängt selbstverständlich davon ab, ob die Ying sie bestrafen wollen.«
Ying hießen die Eltern des Mädchens.
»Mir wäre es nicht recht, wenn meine Tochter nach allem, was sie getan hat, unbestraft bliebe«, sagte Frau Ying Fu-lai.
»Also gut. Ich weiß, daß ihr vernünftige Leute seid. Nun laßt mich eure Tochter befragen. Laßt mich...«
Seine Hände hoben sich nervös zu den Zähnen. »Rede jetzt!«

schrie er Jen Sans Frau an. »Was hast du zu deiner Verteidigung vorzubringen?«
Sie schwieg!
»Rede! Beantworte meine Frage!«
Da sie weiter schwieg, rief er: »Warum sagst du nichts?«
»Ich habe nichts zu sagen«, murmelte sie, reglos wie ein Stein.
Ihre Antwort überraschte alle.
»Es spielt keine Rolle, ob du etwas zugibst oder nicht! Ich weiß alles«, brüllte der alte Chang. »Alle wissen es, alle. Und wir haben die Erlaubnis deiner Eltern, dich zu bestrafen.«
Er beugte sich vor und flüsterte dem Zweitältesten der Sippe etwas ins Ohr.
Alle saßen aufrecht und hielten den Atem an. Ihre Aufmerksamkeit richtete sich nun auf die beiden Sippenältesten, die eine geheime Besprechung abhielten.
»Ich glaube, die Sache ist jetzt für jeden von euch klar«, sagte schließlich der alte Chang, zog seine Hände aus dem Gewand und setzte sich aufrecht. »Selbstverständlich hat sie eine unverzeihliche Schandtat begangen. Sie hat das Andenken unserer Ahnen besudelt. Als Oberhaupt der Sippe halte ich es für meine Pflicht, gegen die verderblichen Sitten der modernen Zeit vorzugehen und an dieser jungen Frau ein Exempel zu statuieren. Neuerdings werden die Gesetze der Sippe nicht mehr geachtet, es fehlt an Liebe, Loyalität, Ehrlichkeit, Rechtschaffenheit und Schamgefühl. Die größte aller Sünden aber ist die Liederlichkeit! In diesem Sinne ist der Ruf der Jen-Sippe ruiniert. Ja, die Frau des Jen San muß eine Strafe bekommen, die auf alle abschreckend wirkt. Auf die Knie!« schrie er und schlug mit der Faust auf den Tisch, daß der Seidenfetzen zitterte. Dann fuhr er fort: »Jen San, zieh sie aus! Gib ihr hundert Schläge!«
Er sah zu, wie Jen San ihr die Oberkleider auszog und dachte dabei, daß ihr Liebhaber in Chuang-hsi sie so ausgezogen und alle ihre Reize genossen hatte. Bei diesem Gedanken wurde er blaß. Er hoffte nur, Jen San werde nicht den Fehler begehen, ihr auch die Unterwäsche auszuziehen.
Nun hatte sie nur noch die Hose und eine Bluse aus Kattun an, und ihre Brüste zeichneten sich spitz unter der Bluse ab. Obwohl ihre Brustwarzen verdeckt waren, konnte man sie durch den dünnen Stoff ahnen. Wie oft mag ihr Liebhaber diese

Brüste liebkost haben? Als Jen San seiner Frau die Jacke auszog, konnte man das Klirren von Silbermünzen hören ...
Sie kniete auf dem Boden, das Gesicht zum Ehrenplatz gewandt, Mutter und Schwiegermutter hielten ihre Arme fest.
Jen San spuckte in die Hände und holte unter dem Tisch einen gespaltenen Bambusstock hervor. Er hob den Stock und ließ ihn auf den Rücken seiner Frau niedersausen. Unmittelbar darauf folgte der zweite Schlag. Jen San biß die Zähne zusammen. Die Muskeln auf seinem Arm schwollen an. Der dritte, der vierte und der fünfte Schlag sausten auf den Rücken seiner jungen Frau. Immer härter und schneller schlug Jen San zu. Das gespaltene Ende des Bambusstockes zersplitterte und brach ab, nur der feste Stiel blieb übrig.
Wie die federweiche Haut des Mädchens unter der Bluse aussah, wußte keiner. Man konnte es sich aber ungefähr vorstellen, wenn man an die stählerne Kraft des Bambusstocks dachte, Jen Sans Raserei sah und sein Stöhnen, das jeden Schlag begleitete, hörte. An den unbedeckten Stellen schwoll die weiße Haut an, verfärbte sich purpurrot und blau. Nach weiteren Schlägen sickerte das Blut durch die weiße Bluse.
Aber immer noch gab Jen Sans Frau keinen Laut von sich. Sie wehrte sich nicht, zuckte aber bei jedem Schlag unwillkürlich zusammen. Sie ertrug den Schmerz mit geschlossenen Augen. Ihr Peiniger zog weiter lange Striemen über die Haut, da, wo sie noch unberührt war, und ließ sie unter neuen Schlägen platzen. Die weiße Kattunbluse war nun ganz vom Blut durchtränkt, und auch der grüne Bambusstock färbte sich rot.
Einhundert!
Jen San atmete schwer und wischte sich die von Schweiß bedeckte Stirn mit dem Ärmel seines Hemdes ab.
Die Kiefer des alten Chang mahlten krampfhaft.
»Willst du immer noch nach Chuang-hsi gehen?« fragte er mit unnatürlich klingender Stimme. Alle blickten Jen Sans Frau an. Sie schnappte nach Luft und hielt die Augen geschlossen.
»Warum antwortest du nicht?« fragte ihre Mutter.
»Wenn du nur bereuen würdest, was du getan hast?« sagte der alte Chang und lächelte.
»Ich ... ich ...«
»Weiter, weiter!«
»Ich gehe trotzdem nach Chuang-hsi.«

Ihre Stimme war schwach, dennoch wirkten ihre Worte wie die Explosion einer Mine. Alle Versammelten blickten einander an – die Augen weit aufgerissen, den Mund offen.
Die blauen Adern auf der Stirn des alten Chang waren sichtlich angeschwollen, sein Gesicht aschgrau. Hure! Sie nimmt sich diesen gemeinen Bauernlümmel zum Liebhaber und schenkt ihm alle Köstlichkeiten ihres Leibes! Chang schlug mit aller Kraft auf den Tisch und schrie, was die Lungen hergaben:
»Schlag sie! Wieder schlagen!«
Sie ließ den Kopf sinken und ihr Leib zitterte unter jedem neuen Schlag. Plötzlich verlor sie das Bewußtsein. Die Verwandten bespritzten sie mit kaltem Wasser.
»Wenn sie zu sich kommt, schlag weiter!« schrie der alte Chang. Ihre Bluse und ihre Hose waren rot von Blut. Die Hände ihrer Mutter zitterten und ihre Augen schwammen in Tränen.
»Beantworte meine Frage! Gehst du wieder nach Chuang-hsi?«
Sie antwortete nicht.
Ihre Mutter, der die Tränen in den Mund flossen, bat:
»Bitte sag, daß du es nicht tust. Bitte sag es.«
Die Tochter blickte zu ihr auf und stammelte:
»Hab keine Angst, Mutter ... Ich werde ... ich werde gehen.«
Der alte Chang hatte das Gefühl, er könnte jeden Augenblick explodieren.
»Schlag sie weiter!« schrie er.
Und wieder fiel das Mädchen in Ohnmacht. Aber sie klagte nicht, ließ das Blut die Bluse hinunterlaufen und gab nicht nach. Sie hoffte, man werde sie als hoffnungslosen Fall aufgeben und aus der Sippe ausstoßen. Da der alte Chang genau wußte, was in ihrem Kopf vorging, sagte er nichts in diesem Sinne. Er wollte alle Verliebtheit aus ihr herausprügeln lassen.
»Willst du immer noch nach Chuang-hsi gehen?« schrie er, und Speichel spritzte aus seinem Mund. »Schlag sie, bis sie bereut!«
Sie hatte keine Haut mehr auf dem Rücken, Hose und Bluse waren dunkelrot. Noch sechsmal wurde sie geschlagen und sechsmal fiel sie in Ohnmacht. Die Versammelten schlossen

die Augen und wagten nicht mehr, sie anzublicken. Einige wischten sich verstohlen die Tränen weg. Ihr Vater versteckte das Gesicht in seinen hohlen Händen. Ihre Mutter weinte herzzerreißend. Frau Hsiang hatte die Augen voller Tränen und schüttelte den Kopf. Jen Sans Hände zitterten so, daß er den Bambusstock kaum noch halten konnte.
»Und jetzt?« fragte der alte Chang mit einer Stimme, die er selbst nicht mehr als seine eigene erkannte.
Halb öffnete sie die Augen:
»Ja ... ja ... Ich gehe nach Chuang-hsi ...«
Chang war so wütend, daß er die ganze Welt in Schutt und Asche hätte legen können. Er sprang auf und schlug mit der Faust mehrmals auf den Tisch.
»Schlagen! Schlagen!« schrie er außer sich. »Jen San, warum schlägst du sie nicht?«
Jen San hatte seine Hände nicht mehr in der Gewalt, er konnte den Bambusstab einfach nicht mehr heben.
»Schlagen!«
Ihre Mutter schluchzte laut auf und warf sich vor dem Oberhaupt der Sippe auf die Knie.
»Hab Mitleid mit dem armen Kind ...«
Da stand der Zweitälteste der Sippe auf und erklärte, nun sei Schluß mit der Prügelei.
»Sperrt sie ein!« befahl darauf der alte Chang.
Die Versammelten atmeten erleichtert auf.

Die Bäume auf den Feldern waren kahl, die Hügel sahen wie Dämme aus, der Wind wehte kalt und durchdringend.
All die Monate hatte sich der alte Chang um die Frau von Jen San besorgt gezeigt und jedesmal, wenn er Jen San traf, gefragt:
»Wie geht es deiner Frau?«
»Sie gehorcht, sagt aber kein Wort.«
»Sei vorsichtig. Laß sie nicht weglaufen.«
»Jawohl, Herr Chang. Es sieht aber nicht so aus, als habe sie das vor.«
»Und wie ist es mit dem Bastard?«
»Meine Schwiegermutter hat ihn zu seinem Vater nach Chuang-hsi gebracht.«
Jen Sans Frau aber sprach mit keinem Menschen. Oft begeg-

nete ihr der alte Chang am Ufer des Flusses, wo sie Reis oder Gemüse wusch. Doch es fiel ihm schwer, sie anzusprechen, denn obwohl er das Recht gehabt hatte, sie zu bestrafen, zeigte sie ihm doch ganz offen ihren Haß. Aber er tröstete sich mit dem Sprichwort: Wer zu ungeduldig ist, wird seine Wünsche nie verwirklichen. Jen San ist nur ein Schwächling, dachte er. Wenn sie bloß ihren Liebhaber in Chuang-hsi vergessen könnte, dann wäre alles in Ordnung.

Der Wendepunkt kam zehn Tage später. Nur war es eben nicht der, den sich der alte Chang wünschte.

Auf einmal brach nämlich Jen Sans Frau ihr langes Schweigen. Sie redete und lachte plötzlich genauso wie früher und war besonders freundlich zu Frau Hsiang. Sie bemalte ihr Gesicht mit flüssiger Schminke und ordnete ihr Haar zu einem glatten Knoten. Wann immer Jen San Zeit hatte, setzte sie sich ganz nah zu ihm, zwickte seine Schenkel und flüsterte zärtliche Worte in sein Ohr. Dann sah sie Jen San mit zusammengekniffenen Augen an, kicherte und lächelte, und Jen San lachte spöttisch und schimpfte laut.

Frau Hsiang, die fühlte, daß etwas im Gange war, zeigte sich argwöhnisch. Und sobald Jen San und seine Frau sich abends zu Bett legten, verriegelte sie die Tür ihres Zimmers.

Das alles wurde dem alten Chang zugetragen, dem die Sache ganz und gar nicht gefiel.

»Warum zum Teufel sollte der mit einer so schönen Frau schlafen? Dieser Narr! Dieser Ochsenmist, auf den durch ein Versehen eine Blume gepflanzt wurde«, sagte er leise zu sich und hoffte sich nun, da sie wieder zugänglich wurde, allmählich in ihre Gunst einschleichen zu können.

Er lächelte, seine Augenlider verzogen sich zu einer dünnen Linie, er ließ das Armband aus Jade durch die Finger gleiten, und mit einemmal kam ihm die Erleuchtung: »Vielleicht gefallen ihr die Silbermünzen besser.«

Bei Sonnenuntergang machte er einen Spaziergang zum Flußufer. In seiner Tasche klimperten fünf Silbermünzen.

Sie hatte ihren Reis gewaschen und schickte sich an, heimzukehren.

»Wie ich sehe, bist du beschäftigt«, sagte er.

»O das Oberhaupt der Sippe!« Sie erwiderte sein Lächeln. Er trat näher. Plötzlich versagte ihm die Stimme. Er wußte einfach nicht, wie er sich verhalten sollte. Sollte er eine würdevolle Pose einnehmen oder ein bißchen schäkern? Eine Zeitlang stand er sprachlos da, dann stammelte er:

»Ist ... hm ... ist ... ich meine, ist Jen San zu Hause?«

»Wollen Sie ihn sehen?«

»Nein, nicht unbedingt... Nein, eigentlich will ich ihn überhaupt nicht sehen. Sage mir...«

Die Frau blickte ihn lächelnd an. Er hatte ein unwiderstehliches Verlangen, sie zu kneifen. Wie sollte er es in Worte kleiden? Aber sie schien ihn schon verstanden zu haben, denn sie flüsterte:

»Jen San wird mich verprügeln, wenn er davon erfährt.«

Da konnte der alte Chang kaum noch den Wunsch unterdrükken, sie in die Arme zu pressen, sie ins Haus zu schleifen und sich mit ihr hinzulegen. Er verspürte den Drang, sie sanft zu beißen und zu liebkosen. Seine Phantasie quälte ihn: Jetzt zieht er ihr die Hosen herunter, dann... Der Gedanke, daß Jen San sie verprügeln könnte, war ihm unerträglich.

»Laß mich dich beschützen, wenn du Angst vor ihm hast...«

Er stellte sich so neben sie, daß ihre Brüste sein Gewand berührten. Er packte sie bei der Schulter und drückte sie an sich, dann wanderte seine Hand tiefer, zu ihrer Brust. Sie leistete keinen Widerstand. Es war das zweite Mal, daß er sie berührte. Diesmal tat er es mit der linken Hand, weil seine rechte immer noch die fünf Silbermünzen hielt.

Er wollte sie ihr in die Hand drücken.

Doch dann überlegte er bei sich: Nein, fünf sind zuviel. Er steckte zwei Münzen wieder in den Geldbeutel und gab ihr die drei übrigen. Sie lächelte, nahm die Münzen aber nicht an.

Er dachte, sie sei nur ängstlich und ließ deshalb die Münzen in ihre Tasche gleiten. Dabei berührte er ihre hochstehenden, aber ach so weichen Brüste. Es war das dritte Mal, daß er sie berührte, diesmal wieder mit der rechten Hand. Doch da fuhr sie ihn an:

»Benimm dich doch endlich! Man wird uns noch sehen.«

Er aber brach in Gelächter aus und entblößte dabei eine Reihe unregelmäßiger, verfärbter Zähne.

»Hab keine Angst vor Jen San, Liebling! Überlege es dir gut. Wir könnten es an jedem Tag tun, der dir paßt...«

»Ja.«
»Du wirst es mich doch in einigen Tagen wissen lassen?«
Sie nickte und lief eilig weg.
Der alte Chang seufzte zufrieden und beschrieb dann mit dem Kopf ein paar Kreise in der Luft – wie ein Kenner, der ein Bild bewundert. Er war etwas enttäuscht, daß er sie nicht schon diese Nacht besitzen konnte, und erneut überfielen ihn seine Phantasien: Der Flaum zwischen ihren Schenkeln, ihr Stöhnen auf einem buntbestickten Kissen... Nein, er durfte nicht darüber nachdenken – es war zum Wahnsinnigwerden. Er verbannte die Bilder seiner Einbildung und murmelte nur: »Die Götter mögen mir helfen, so schnell wie möglich zum Ziel zu kommen!«
Der Himmel war orangefarben und die Wolken wie eine zerrissene Decke.

Immer wenn er mit seinem Bevollmächtigten sprach, stocherte er in den Zähnen.
»Geh und sage Jen San, daß er das Geld bis Ende des Monats zurückzahlen müsse. Mit Zinsen. Und sage ihm, daß ich das Darlehen um keinen Tag verlängern werde. Das Stochern in den Zähnen war wie eine Manie. »Sage ihm, daß ich die Rückzahlung zweimal verlängert habe, und daß ich das Geld jetzt dringend brauche. Ich muß es haben! Hörst du überhaupt zu?«
»Ja, Herr.«
Er überlegte, ob er dem Bevollmächtigten von dem Mädchen erzählen sollte. Er wußte nur allzugut, daß Jen San seine Schuld nicht zurückzahlen konnte, und genau das wollte er, um von Jen San ein Pfand verlangen zu können. Doch bevor er dazu kam, dem Bevollmächtigten die ganze Sache zu erklären, beugte sich dieser vor und flüsterte ihm ins Ohr:
»Soll ich ihm sagen, er möge seine Frau als Unterpfand schikken? Wenn das Geld bezahlt ist, kann er sie zurückholen.«
Der Sippenälteste, dem dieser Vorschlag insgeheim sehr wohl gefiel, spielte den Entsetzten.
»Halt den Mund, du Dummkopf! So kann man Menschen nicht behandeln.«
»Dann soll er sie eben als Dienerin herüberschicken.«
Der Sippenälteste überlegte eine Weile.

»Ich will nur mein Geld zurückhaben!« sagte er und schlug mit der Faust auf den Tisch. Der Bevollmächtigte zog sich zurück, doch als er bereits an der Tür war, rief ihn das Oberhaupt der Sippe zurück. »Einen Augenblick, ich muß noch etwas mit dir besprechen, aber – du verstehst – keine Seele darf etwas davon erfahren.«
Unter immer tieferen Verbeugungen kehrte der Bevollmächtigte zurück.
»Selbstverständlich«, sagte er. »Alles, was ich besitze und bin, verdanke ich Ihnen, Herr. Sie haben mehr für mich getan als meine Eltern, die mich in die Welt gesetzt haben. Fragen Sie die Leute – alle werden sagen, daß meine Dankbarkeit keine Grenzen kennt. Wenn nötig, würde ich für Sie sogar den Tod auf mich nehmen, Herr.«
»Ja, ich vertraue dir.« Und sie flüsterten miteinander.
Einige Tage vergingen. Der Bevollmächtigte erschien bei Jen San und erklärte ihm, die Schuld müsse sofort zurückgezahlt werden. Jen San war völlig erschlagen.
»Nun ist alles aus!« sagte er.
Der Bevollmächtigte lächelte und flüsterte:
»Keineswegs ist alles aus. Es gibt so viele Auswege.«
»Er könnte die Zinsen erhöhen«, sagte Jen San hoffnungsvoll.
»Nein, so wird es nicht klappen«, sagte der Bevollmächtigte und grinste boshaft. »Er ist entschlossen, sein Geld zurückzubekommen.«
»Ich werde selbst zu ihm gehen und um Aufschub bitten«, sagte Jen San verzweifelt.
»Auch das ist unmöglich!« rief der Bevollmächtigte mit gespieltem Entsetzen. »Du kennst ihn doch. Wenn er sich etwas in den Kopf gesetzt hat, ist er unerbittlich. Doch ich habe eine Idee – aber wohl gemerkt, es ist nur eine Idee von mir –, die für ihn annehmbar sein könnte.«
Den Tränen nahe, fragte Jen San: »Worum handelt es sich?«
»Schicke ihm ein Unterpfand.«
»Ich habe nichts.«
»Schicke ihm ein menschliches Unterpfand.«
Jen San atmete auf. Ja, er hatte sehr wohl ein menschliches Unterpfand in seinem Haus. Aber...
»Wird der Sippenälteste sie auch annehmen?...«

»Dummer Kerl! Geh selber hin und rede mit dem Sippenältesten.«
»Würdest du mit mir kommen?«
»Natürlich.«
Und so verabredeten sie, in einigen Tagen gemeinsam zum Sippenältesten zu gehen.

Neue Gerüchte gingen im Dorf um.
Ein Bettler aus dem Dorf Chuang-hsi brachte einen Fetzen Papier mit und übergab ihn der Frau von Jen San. Da sie lesen und schreiben konnte, schrieb sie selber ein paar Worte auf ein Stück Papier, und der Bettler nahm es wieder mit zurück nach Chuang-hsi.
»Und sie hat dem Bettler zwei Silbermünzen gegeben...«
Als Frau Hsiang davon erfuhr, hatte der Bettler das Dorf bereits verlassen.
Diese Nachricht erreichte auch den alten Chang. Er war maßlos enttäuscht. Noch immer war seine Begierde unbefriedigt, obwohl er ihr doch drei Silbermünzen gegeben hatte. Anstatt sich nun nachgiebig zu zeigen und ihn ihre jungen steilen Brüste befühlen zu lassen, gab sie dem Bettler zwei von seinen – seinen! – Silbermünzen. Doch dann tröstete er sich. Schließlich war sie nur eine Frau, also ein Mensch mit Stimmungen und Launen. Nein, die Sache mit dem Bettler hatte nichts zu bedeuten. Sie würde sich ihm bestimmt hingeben, sobald er sie allein erwischte. Er durfte sie nur nicht weglaufen lassen.
Auch Jen San hatte Angst, seine Frau könne ihn verlassen und er seine Schuld nicht zurückzahlen. Dann könnte er sich nur noch aufhängen. Er verging vor Ungeduld, mit dem alten Chang zu sprechen. Wenn der erst seinen Schuldschein zerrissen hatte, dann konnte sie ruhig fortlaufen.
»Es geht um meine Schuld, Herr Chang«, stammelte er, als er endlich vor dem Sippenältesten stand. Und indem er verstohlen auf den Bevollmächtigten blickte, der ihn begleitete, fuhr er mit schwacher Stimme fort: »Wenn Euer Ehren Gefallen an ihr finden, schicke ich sie gleich hierher.«
»Schweig, du Idiot!« schrie der alte Chang. »Ich stelle keine Verworfene als Dienerin ein. Ich verlange mein Geld zurück, weiter nichts, und zwar sofort!«

Jen San war es, als habe man seinen ganzen Körper in eiskaltes Wasser getaucht. Hatte der Bevollmächtigte nicht gesagt, der Sippenälteste würde mit seinem Vorschlag einverstanden sein?
Jen Sans Frau war weich wie Butter, ja, und die Brüste, die der alte Chang gesehen hatte, ließen auf die Reize des übrigen Körpers schließen – das alles war schon richtig. Doch der dachte nicht eine Sekunde daran, dafür hundertfünfzig Juan zu verlieren. Er wollte die Frau nur so lange als Unterpfand bei sich behalten, bis Jen San sie auslösen konnte. Unter keinen Umständen dürfte sie unter seinem Dach wohnen, denn das würde Anlaß zu Klatsch geben.
Er fing an, in den Zähnen zu stochern.
»Ich würde den Zins um drei Prozent erhöhen«, sagte Jen San hastig und hoffnungsvoll. »Gewähren Sie mir einen Aufschub von einem Jahr.«
»Nein!« Der Sippenälteste zog sich in sein Innenzimmer zurück.
»Was soll ich nur tun?« fragte Jen San den Bevollmächtigten.
»Laß mich ein Wort für dich einlegen«, antwortete dieser und verschwand ebenfalls im Innenraum.
Zehn Minuten später kehrte er zurück.
»Alles in Ordnung«, sagte der Bevollmächtigte.
»Wie?«
»Gehen wir und reden wir draußen darüber.«
Jen San war so erleichtert, daß ihm die Beine schlotterten.
»Ist wahrhaftig alles in Ordnung?«
»So ist es«, antwortete der Bevollmächtigte und fummelte mit den Händen herum. »Es ist alles bestens, solange deine Frau dem Sippenältesten dient. Sie muß aber in deinem Haus bleiben. Wenn das Oberhaupt der Sippe sie braucht, wird er nach ihr schicken.« Und warnend fuhr er fort: »Aber sag niemandem ein Sterbenswörtchen von deiner Abmachung.«
»Kein Wort«, erwiderte rasch Jen San. »Doch wie steht es mit der Schuld?«
»Sie wird bis zum Fest der Drachenboote im nächsten Jahr verlängert, und der Zins bleibt bei vier Prozent – wenn du schweigst.«
Am gleichen Abend schickte der Sippenälteste einen Boten zum Haus von Jen San mit der Nachricht, Jen Sans Frau werde

benötigt. Jen San sollte sie bis zur Brücke begleiten, damit sie nicht weglaufe.
Die Mondsichel stieg im Osten wie eine Orangenscheibe auf. Der alte Chang schlenderte zur Brücke. Seine hervorstehenden Backenknochen schimmerten im Mondlicht. Er sah, wie überwältigend schön die Landschaft war. Die toten Zweige tanzten, die grauen Berge vor ihm lächelten, und die Grabhügel erinnerten an die runden Brüste der Frau von Jen San.
Aber die Grabhügel waren hart... Er blickte nach Westen, sah aber keine Spur von ihr. Er fragte sich, ob sie wohl immer noch Groll gegen ihn hege. »Jen San verprügelt mich, wenn er das erfährt.« Das waren ihre Worte gewesen, und ihre Lippen hatten sich dabei vorgewölbt. Sie hatte ihm erlaubt, sie anzufassen und ihren Unmut ihrem Mann gegenüber gezeigt – ja, ihm sogar ein liebliches Lächeln geschenkt.
Er schlenderte umher und stocherte in den Zähnen. Von Zeit zu Zeit rieb er sein Gesicht mit den Händen und schmierte den Speichel von seinen Fingern darauf. Er spazierte zehn Meter in die eine und zehn Meter in die andere Richtung und erschrak bei jedem Geräusch. Endlich sah er zwei Gestalten näherkommen. Ja, das war sie – er hätte sie aus dreißig Li Entfernung erkannt.
Als beide direkt vor ihm standen, zitterte er am ganzen Leib.
Jen San machte sich, wie verabredet, auf den Heimweg, und im gleichen Augenblick streckte der alte Chang die Hand aus und berührte ihre Brüste.
»Hast du es denn so eilig?« kicherte sie.
»Ich habe eine Ewigkeit warten müssen. Jetzt kann ich nicht mehr warten. Gehen wir auf eine Wiese!«
»Nur einen Augenblick noch! Laß mich erst einmal ausruhen. Der Abend ist so schön.«
Sie lächelte ihm freundlich zu und schien ganz außer Atem zu sein.
Sie blickte die Straße hinunter, von der sie gekommen waren. Jen San war verschwunden. Langsam breitete sich die nächtliche Stille aus. Der Mond schien auf ihre schönen Augen. Der Sippenälteste sah sie gierig an und tätschelte von Zeit zu Zeit ihre rosaroten Wangen, ihre Brüste und ihre Beine. Seine Augen trübten sich und seine Knie wurden schwach. Er

wünschte, er hätte mit ihr in das Ningpoo-Bett fliehen können, das zu Hause wartete.

»Also gehen wir!«

Er faßte sie um die Hüften und hob sie hoch. Mit einer Hand hielt er sie an seine Brust gepreßt, seine andere Hand wanderte über ihren Körper. Sie berührte erst die Brüste, dann ging sie tiefer und nistete sich zwischen ihren Oberschenkeln ein. Plötzlich ertönte ein Geräusch wie von einer Explosion. Sie hatte ihn mit zusammengeballten Fäusten ins Gesicht geschlagen. Seine Nase blutete, er taumelte zurück.

»Warum hast du das getan?«

»Weil ich nach Chuang-hsi gehe.«

Sie wollte weglaufen, doch er hielt sie an den Armen fest.

»Schwein! Bestie! Wandelnde Pest!« schimpfte sie und ohrfeigte ihn abermals. »Jetzt bist *du* mir in die Falle gegangen!« Sie schubste ihn so heftig, daß er in den Schlamm fiel. Dann rannte sie fort, überquerte die Brücke, lief nordwärts und ließ Felder, Fluß und Hügel hinter sich. Ihr Weg führte direkt nach Chuang-hsi.

»Jen Sans Frau ist weggelaufen!«

Man sandte Leute aus, doch sie war nicht aufzufinden. Sogar in Chuang-hsi fand sich keine Spur von der Frau und ihrem Liebhaber. Die Einwohner des Dorfes erzählten, sie sei vor Sonnenaufgang angekommen und ihr Liebhaber habe sie bereits erwartet. Sie hätten ein paar Sachen zusammengepackt und seien mit ihrem Kind verschwunden. Niemand wußte, wohin sie gegangen waren.

Liebeshindernisse

von Tao Yuan-min

O du Schöne, die du meinen Gedanken und meiner Sehnsucht enteilt bist, du, die du die Welt reich gemacht hast. Deine überwältigende Schönheit bringt selbst Festungsmauern zum Einsturz und verkörpert zugleich die höchste Tugend. Ich vergleiche dich mit der Reinheit der schimmernden Jade, aber auch mit einer Orchidee, die, den Blicken der Menschen verborgen, ihren Duft verströmt. Von der Gewöhnlichkeit der Menschen hebt sich wunderbar deine weiche Zartheit ab. Du bist der Ursprung aller Hoffnungen, die zu einer hoch am Himmel ziehenden Wolke streben. O wie traurig ich bin, daß der Glanz des Morgens vom Abend verdrängt wird! O wie vergänglich ist das von Arbeit erfüllte Leben! Nach hundert Jahren ist es für alle ausnahmslos zu Ende. Wie wenig Freude gibt es auf dieser Welt! Wie groß ist das Leid!

Du schiebst deinen scharlachroten Bettvorhang beiseite, setzt dich hin und nimmst eine würdevolle Haltung ein. Leicht, ach so leicht berührst du die Saiten der Zither, und Freude ergreift dein Herz. Mit deinen zärtlichen Händen erweckst du gleichsam deine unvergängliche Leidenschaft in uns. Deine wunderschönen Augen leuchten auf, doch die Worte und das Lächeln deines lieblichen Mundes sind verschwendet, denn sie gelten niemandem. Eine traurige Melodie erzählt vom herbstlichen Wald, die weißen Wolken schmiegen sich an einen Berg. Du blickst empor und siehst den himmlischen Weg, deine Lider senken sich, und du schlägst die singenden Saiten an. Eine hohe geistige Kraft entströmt deinem weiblichen Zauber. O, wie gerne würde ich mich an deine Knie schmiegen und mit dir reden! Ich würde dich wie einen Phönix ansprechen, doch ein anderer – so fürchte ich – ist mir bereits zuvorgekommen. Meine Gedanken sind verwirrt und lassen mir keine Ruhe. Ich möchte gern als Faden in deinem Kleid verwoben sein und dir als Kragen um den Hals liegen, damit ich des unvergänglichen

Duftes, der deinem wunderschönen Körper entströmt, teilhaftig werden kann. Doch – weh, o weh – am Abend trennt sich der Kragen von dir, und die herbstliche Nacht ist so unendlich lang! Ich möchte ein Gürtel deines Untergewandes sein, der deinen köstlichen Leib zusammenschnürt, doch zuweilen ziehst du das alte Gewand aus, um dich mit einem neuen zu schmücken. Ich möchte Pomade in deinem Haar sein, um die schwarzen Locken, die auf deine Schultern fallen, zu glätten. Doch leider wäscht sich die Schöne oft, und da würde ich wie das durchsichtige Wasser verdampfen und verschwinden. Ich möchte Antimon an deinen Wimpern sein, dann würde ich dem Blick deiner Augen nach oben folgen! Doch an der Schminke schätzst du nur ihre Frische. Als Bastmatte möchte ich mich auf deinen Teppich aus Ried legen, um deinen zerbrechlichen Körper aufzunehmen und ihm Ruhe zu gewähren. Doch – weh, o weh – das gestreifte Tigerfell ist dein Sitz. Ich möchte Seidengarn in deinem Schuh sein, dann würde ich mich an deinen weißen Fuß schmiegen und überall dort hingehen, wo auch du hingehst. Doch – weh, o weh – es gibt Zeiten zum Gehen und Zeiten zum Ruhen: und du würdest mich gedankenlos neben dein Bett hinwerfen! Ich möchte am Tage dein Schatten sein, um dir gen Westen und gen Osten zu folgen. Doch – weh, o weh – ein großer Baum wirft einen großen Schatten und die Stunde wird kommen, da werde ich nicht mehr bei dir weilen. Ich möchte nachts deine Kerze sein, um dein Jadeantlitz zwischen zwei Säulen zu beleuchten. Doch – weh, o weh – die Sonne wird aufgehen und mich überflüssig machen! Ich möchte ein Bambusfächer sein, der in deiner zärtlichen Hand liegt und deinem Antlitz die kühlende Luft zufächelt. Doch – weh, o weh – der morgendliche Tau fällt herunter, und du wirst mir entfliehen! Ich möchte das Holz U tung sein, aus dem deine Zither gemacht ist, deine Zither, die neben deinen Beinen ruht. Doch kaum wird das Lied der Freude seinen Höhepunkt erreichen, wirst du mich beiseite legen und zu einem anderen Instrument greifen.
Nun sehe ich, daß alle meine Wünsche sich in ihr Gegenteil verwandeln. Und es bleibt mir nur, den grausamen, unmenschlichen Schmerz zu ertragen – doch niemand ist da, dem ich meine Klage vortragen könnte. Ja, ich kann nur ziellos im südlichen Wald herumirren und mich dort im Nebel zwischen

den Magnolien oder im Abendschatten der ewig grünen Kiefern verstecken.
Wenn du vor meinen inneren Augen erscheinst, dann sind in meinem Herzen Freude und Angst. O, wohin soll ich blicken, wie soll ich dich vergessen, dich aus meiner Sehnsucht verbannen? Schaue ich nach oben – dann flirtet dort der Halbmond mit den letzten Strahlen der untergehenden Sonne. Und ein Vogel ruft traurig, weil er allein heimfliegen muß, auch ich bin allein, ganz allein ... Ich weine, weil der Abend meines Lebens naht und bin traurig, daß dieses Jahr bald zu Ende ist.
Auch nachts im Traum möchte ich dir folgen. Meine Seele schwankt, als wäre ich in einem Boot und hätte das Ruder verloren, oder als wäre ich auf einen Felsen hinaufgeklettert und fände dort keinen Halt. Meine Seele kennt keine Ruhe mehr.
Nun blicken die Gestirne Bi und Ma durch mein Fenster. Der nördliche Wind ist schneidend kalt, und meine Trauer und meine Sehnsucht töten den Schlaf. Wie ein Bienenschwarm schwirren meine Gedanken hierhin und dorthin. Ich stehe auf, binde meinen Gürtel um und erblicke den heraufziehenden Morgen. Rauhreif glänzt auf der weißen Türschwelle. Der Hahn zieht alle seine Federn ein und kräht nicht. Von ferne ertönt eine Flöte – die Töne sind erfüllt von klarer, durchsichtiger Traurigkeit.
Und nun denke ich, daß sie mir jetzt, in diesem Augenblick, mit einer Wolke, die über meinen Kopf dahinzieht, ihre Liebe schicken wird. Doch die Wolke zieht fort – und rund herum ertönt kein einziges Wort. Und die Zeit flieht, flieht, und bald entflieht sie mir ganz ... Fruchtlos verbringe ich meine Tage in unerfüllter Sehnsucht – o, das Mitleid, das ich mit mir empfinde:
Denn sie ist jetzt hinter den Bergen, sie ist hinter den Flüssen, sie ist nicht da, sie ist nicht da für mich ...

Unterhaltung

Scholem Alejchem
Geschichten aus Anatevka
Band 1842

Sybille Bedford
Ein Liebling der Götter
Roman. Band 2407

Juliette Benzoni
Der Nebelfalke
Roman. Band 2427

Lucien Bodard
Der Konsul
Roman. Band 1819

Der Sohn des Konsuls
Roman. Band 2412

Mary Elizabeth Braddon
Lady Audley's Geheimnis
Roman. Band 1618

Pearl S. Buck
Die Frauen des Hauses Wu
Roman. Band 1766

Wie Götter werden
Roman. Band 2455

Sheila Burnford
Die unglaubliche Reise
Zwei Hunde und ein Kater wandern durch die Wildnis. Mit Zeichnungen von Gunter Böhmer.
Band 1657

Ian Cameron
Insel am Ende der Welt
Roman. Band 1706

Joyce Cary
Des Pudels Kern
Roman. Band 2456

Elisabeth Castonier
Unwahrscheinliche Wahrheiten
Band 1850

Dreimal Liebe
Drei ungewöhnliche Frauenschicksale.
Band 1792

Gabriel Chevallier
Clochemerle
Roman. Band 1190

Papas Erben
Roman. Band 1623

Wilkie Collins
Lucilla
Roman. Band 1201

Winter im Haus am Ende der Welt
Roman. Band 2450

Fynn
»Hallo Mister Gott, hier spricht Anna«
Band 2414

Max Gallo
Engelsbucht
Roman. Band 2433

Der rote Schal
Roman. Band 1993

Monica Dickens
Sommer im Haus am Ende der Welt
Roman. Band 1843

Meine Pferde – meine Freude
Band 1703